Ali Smith

Herbst

Roman

Aus dem Englischen
von Silvia Morawetz

Luchterhand

Für Gilli Bush-Bailey
bis nächste Woche

und für Sarah Margaret
Hardy Wood

Frühling werd' euch schon erneuert,
Wann der Herbst kaum eingescheuert!
William Shakespeare

Beim derzeitigen Tempo der Bodenerosion
hat Großbritannien noch 100 Ernten vor sich.
Guardian, 20. Juli 2016

Grün wie das Gras lagen wir im Korn, in der Sonne
Ossie Clark

Wenn ich hier mit dir glücklich werden soll –
wie kurz ist das längste Leben.
John Keats

Zerlegt mich sacht
W. S. Graham

Eins

Es war die schlechteste, es war die schlechteste aller Zeiten. Wieder. Das ist das Dumme bei allem. Es zerbricht, das war immer so und wird immer so sein; das liegt in der Natur der Dinge. Ein alter, alter Mann wird also an einem Ufer angespült. Er sieht aus wie ein schlaffer Fußball aus Leder mit geplatzten Nähten, wie sie vor hundert Jahren getreten wurden. Die See war rau. Sie hat ihm das Hemd vom Rücken gehoben; nackt wie am Tage meiner Geburt, geht es ihm durch den Kopf, den er im Nacken bewegt, allerdings unter Schmerzen. Also Kopf ruhig halten. Was hat er da im Mund, Kies? Es ist Sand, er hat ihn unter der Zunge, spürt ihn, hört es knirschen, wenn die Zähne aufeinanderreiben, das Sandlied singen: zermahlen zu Staub so fein, mehr wird am Ende nicht sein, mit mir unter dir fällst du weich, ich glitzer in der Sonne, Wind trägt mich davon, die Post in die Flasche, die Flasche ins Meer, wie Spreu weht's mich umher, mein Korn ist schwer zu ernten

zu ernten

die Worte versickern. Er ist müde. Sand im Mund und in den Augen, die letzten Körnchen im Hals der Sanduhr.

Daniel Gluck, dein Glück ist versiegt.

Er hebt das verklebte Lid. Aber –

auf Sand und Steinen setzt Daniel sich auf

– ist er das? wirklich? das? der Tod?

Er schirmt die Augen ab. Sehr grell.

Von der Sonne beschienen. Trotzdem schrecklich kalt.

Er ist auf einem steinigen Sandstrand, der Wind ausgesprochen scharf, die Sonne scheint, das schon, wärmt aber nicht. Noch dazu ist er nackt. Kein Wunder, dass er friert. Er sieht an sich herunter. Sein Körper ist noch der alte, die kaputten Knie.

Er hatte gedacht, dass der Tod den Menschen herausdestilliert, die faulige Fäule abzieht, bis alles wolkenhell ist.

Das Ich, das dir am Ufer letztlich bleibt, ist anscheinend das, mit dem du auch gingst.

Wenn ich das gewusst hätte, denkt Daniel, hätte ich dafür gesorgt, dass ich mit zwanzig, fünfundzwanzig den Abgang mache.

Nur die Guten.

Oder (denkt er, die Hand vor dem Gesicht, damit niemand, falls ihn wer sieht, Anstoß nimmt, wenn er herausfischt, was er in der Nase hat, oder nachsieht, was es ist – Sand, sehr schön im Einzelnen, im immer wieder anderen Farbverlauf sogar der pulverisierten Welt, dann reibt er ihn sich von den Fingerspitzen) das *ist* mein herausdestilliertes Ich. Falls ja, ist der Tod eine traurige Enttäuschung.

Danke für die Einladung, Tod. Bitte entschuldige, aber ich muss zurück, ins Leben.

Er steht auf. Das tut nicht weh, nicht sehr.

Wohlan.

Nach Hause. Wo entlang?

Er dreht sich um hundertachtzig Grad. Meer, Uferlinie, Sand, Steine. Hohes Gras, Dünen. Dahinter flaches Land. Danach Bäume, eine Baumreihe, und dann weiter rundherum zurück zum Meer.

Das Meer ist seltsam und ruhig.

Dann fällt ihm plötzlich auf, dass er heute ungewöhnlich gut sieht.

Ich meine, ich sehe nicht nur diese Baumreihe, ich sehe nicht nur den Baum, ich sehe nicht nur das Blatt an dem Baum. Ich sehe den Stiel, der das Blatt mit dem Baum verbindet.

Er erkennt die gefüllte Samenkapsel an der Spitze jedes beliebigen Grashalms drüben auf den Dünen, fast so, als sähe er durch ein Zoomobjektiv. Und hat er gerade auf seine Hand geguckt und nicht bloß die Hand gesehen, ganz genau, und nicht bloß einen Streifen Sand an der Handkante, sondern mehrere einzelne Sandkörner, so deutlich, dass er ihre Ränder erkennt, und das (die Hand geht hinauf zur Stirn) *ohne Brille*?

Tja.

Er reibt sich den Sand von den Beinen und Armen, von der Brust und von den Händen. Schaut dem Flug der Sandkörner zu, die von ihm weg durch die Luft stäuben. Greift nach unten, füllt die Hand mit Sand. Sieh dir das an. So viele.

Refrain:
Wie viele Welten hält man in der Hand.
In einer Handvoll Sand.
(Wiederholen.)
Er spreizt die Finger. Der Sand rieselt zu Boden.

Jetzt, da er auf den Beinen ist, hat er Hunger. Kann man Hunger haben *und* tot sein? Aber immer, all die hungrigen Geister, die Menschenherzen und -hirne verspeisen. Er vollendet den Kreis und schaut wieder aufs Meer. Über fünfzig Jahre war er auf keinem Boot, und das war nicht mal ein richtiges Boot, sondern eine Bar, schrecklich, ein neumodischer Partyschuppen auf dem Fluss. Er setzt sich wieder in den Sand und auf die Steine, aber die Knochen in seinem, er will keinen unflätigen Ausdruck verwenden, weiter hinten am Ufer ist ein Mädchen, tun ihm weh, tun ihm weh wie, er will keinen unflätigen Ausdruck verwenden –

Ein Mädchen?

Ja, im Kreise anderer Mädchen, die alle zusammen einen wiegenden Tanz tanzen, der aussieht wie im alten Griechenland. Die Mädchen sind ziemlich nahe. Kommen näher.

Das wird nicht gehen. Die Nacktheit.

Dann sieht er mit seinen neuen Augen noch einmal da hinunter, wo eben noch sein alter Körper war, und weiß, er ist tot, muss tot sein, ist es mit Sicherheit, denn sein Körper sieht anders aus als beim letzten Blick an sich hinab, besser, ganz passabel eigentlich für einen Körper. Er kommt ihm auch bekannt vor, ziemlich genau wie sein Körper früher, als er jung war.

Ein Mädchen ist in der Nähe. Mehrere. Angst und Scham durchströmen ihn süß.

Er sprintet in das lange Dünengras (er kann rennen, richtig rennen!), schiebt den Kopf um ein Grasbüschel und vergewissert sich, dass niemand ihn sehen kann und niemand kommt, springt auf und rennt weiter (wieder! nicht mal außer Atem) über das ebene Stück zu den Bäumen.

Die Bäume bieten ihm Deckung.

Sie bieten ihm vielleicht sogar etwas, womit er sich bedecken kann. Aber pure Freude! Er hatte schon vergessen, wie sich das anfühlt: fühlen. Sogar den Gedanken an das eigene nackte Ich in räumlicher Nähe zur Schönheit eines anderen zu fühlen.

Dort ist ein kleines Wäldchen. Er schlüpft hinein. Perfekt, der Boden im Schatten, ein Laubteppich, die gefallenen Blätter unter seinen (hübschen, jungen) Füßen sind trocken und fest, und an den tiefen Ästen auch noch massenhaft hellgrüne Blätter, und schau, das Haar auf seinem Körper ist überall an den Armen wieder dunkelschwarz, genauso von der Brust bis zur Leiste, wo es dicht ist, ah, nicht bloß das Haar, alles schwillt, schau.

Ist ja himmlisch.

Vor allem möchte er niemanden brüskieren.

Er kann sich hier ein Lager herrichten. Kann hierbleiben, bis er wieder Land sieht. Vielleicht was anzieht. (Wortspiele, die Währung des kleinen Mannes; armer alter John Keats, na ja, arm schon, alt nicht unbedingt. Ein Herbstdichter, Italien im Winter, nur Tage vor seinem Tod spielte er noch mit Wörtern, als gäb's kein Morgen. Armer Kerl.

Es gab kein Morgen.) Er kann die Blätter über sich häufen, damit er es nachts warm hat, falls es so etwas wie Nacht gibt, wenn man tot ist, und sollte das Mädchen, sollten die Mädchen noch näher kommen, häuft er die Blätter einen Meter hoch über sich aus Schicklichkeit.

Anstand.

Er hatte vergessen, dass es auch eine körperliche Seite hat, wenn man andere nicht brüskieren will. Süß durchströmt ihn nun das Gefühl der Anständigkeit, überraschenderweise so, wie man sich das Trinken von Nektar vorstellt. Der Schnabel des Kolibris senkt sich in die Korolle. So köstlich! So süß! Was reimt sich auf Nektar? Er wird sich aus Blättern einen grünen Anzug machen, und – kaum gedacht, hat er eine Nadel und goldfarbenes Zeug zum Einfädeln auf einer kleinen Spule in der Hand, schau an. Er *ist* tot. Muss es sein. Vielleicht ist es gar nicht übel, tot zu sein. Schwer unterschätzt in der modernen westlichen Welt. Jemand müsste es denen mal sagen. Jemand müsste ihnen Bescheid geben. Jemand müsste hingeschickt werden, müsste zurückstrampeln, wo immer das ist. Hektar. Kommissar Lapidar. Sonderbar. Storchenpaar. Sie gebar im Januar. Reservoir.

Er pflückt ein grünes Blatt von dem Ast neben seinem Kopf. Pflückt noch eines. Legt sie Rand an Rand zusammen. Näht sie mit, wie heißt das, Vorstich? Languettenstich? zusammen. Schau an. Er kann nähen. Das konnte er im Leben nicht. Der Tod. Voller Überraschungen. Er hebt eine Schicht Laub an. Setzt sich, legt Blätter mit passenden Rändern zusammen und näht. Erinnerst du dich, die

Postkarte, die er in den Achtzigern an einem Stand mitten in Paris gekauft hat, die mit dem kleinen Mädchen in einem Park? Sie sah aus, als wäre sie in totes Laub gehüllt, ein Schwarzweißfoto, kurz nach Kriegsende entstanden: das Kind von hinten, in das Laub gehüllt, stand in dem Park und schaute sich verwehte Blätter und die Bäume an. Es war ein trauriges und zugleich faszinierendes Foto. Irgendetwas an dem Kind plus totes Laub, entsetzlich verkehrt, ein bisschen so, als trüge die Kleine Lumpen am Leib. Andererseits waren die Lumpen keine Lumpen. Es war Laub, deshalb war es auch ein Bild über Magie und Verwandlung. Und wieder andererseits, ein Bild, kurz nach Kriegsende, zu einer Zeit, in der ein Kind, das bloß im Laub spielte, auf den ersten Blick aussehen konnte wie ein Kind, das abgeholt und ausgelöscht worden war (ein schmerzlicher Gedanke)

oder auch ein nachatomares Kind, das Laub, das an ihm hängt, sähe aus wie abgefetzte Haut, wie seitlich baumelnde Lumpen, als wäre Haut nichts als Laub.

Es war also fesselnd auch im Sinn von ergreifend, das Foto, wie ein Foto von dem, der dich ergreifen wird, der dich abholt und in die andere Welt bringt. Ein Blinzeln des Kameraauges (der Name des Fotografen will ihm partout nicht einfallen), und dieses Kind im Blätterkleid wurde alles das: traurig, entsetzlich, wunderschön, lustig, erschreckend, dunkel, hell, bezaubernd, Märchen, Sage, Wahrheit. Die banalere Wahrheit war, dass er die Postkarte (Boubat! *das* war der Fotograf) gekauft hatte, als er die Stadt der Liebe mit einer Frau besuchte, deren Liebe er sich wieder mal erhoffte, was sich nicht erfüllte, natürlich nicht, eine Frau von Mitte vierzig und ein Mann von Ende sechzig, na, sei ehrlich, fast siebzig, und geliebt hat er sie ja auch nicht. Nicht aufrichtig. Ein Fall von prinzipieller Unverträglichkeit, keine Altersfrage, denn ihn hatte das Wilde auf einem Gemälde von Dubuffet im Centre Pompidou so aufgewühlt, dass er die Schuhe auszog und davor niederkniete, um ihm seinen Respekt zu erweisen, und die Frau, ihr Name war Sophie Irgendwas, hatte sich geschämt und sagte im Taxi zum Flughafen zu ihm, er sei zu alt dafür, in einer Kunstgalerie, sogar in einer modernen, die Schuhe auszuziehen.

Genau genommen weiß er von ihr bloß noch, dass er ihr eine Postkarte geschickt hatte, die er hinterher gern selber behalten hätte.

Auf die Rückseite hatte er geschrieben: *Herzliche Grüße von einem alten Kind.*

Er sucht ständig nach diesem Bild.

Er hat es nie wieder gesehen.

Er hat immer bedauert, es nicht behalten zu haben.

Bedauern, wenn du tot bist? Eine Vergangenheit, wenn du tot bist? Gibt es kein Entrinnen aus dem Ramschladen des eigenen Ichs?

Er schaut von dem Wäldchen auf den Rand des Lands, des Meeres.

Na, wo immer ich hier gelandet sein mag, ich verdanke ihm diesen todschicken grünen Mantel.

Er schlüpft hinein. Der Mantel passt wie angegossen, riecht grün und frisch. Er gäbe einen guten Schneider ab.

Hat etwas gemacht, etwas aus sich gemacht. Seine Mutter wäre endlich mal zufrieden.

O Gott. Gibt es nach dem Tod noch eine Mutter?

Er ist ein Kind und liest Kastanien vom Boden unter den Bäumen auf. Er zerteilt die stachlige hellgrüne Schale und löst sie, braun glänzend, von der wächsernen Innenhaut. Füllt sie in seine Mütze. Bringt sie zu seiner Mutter. Sie ist da drüben mit dem neuen Baby.

Sei nicht albern, Daniel. Sie kann die nicht essen. Die isst niemand, nicht mal Pferde, viel zu bitter.

Daniel Gluck, sieben Jahre alt, in den guten Sachen, die zu haben er sich glücklich schätzen soll in einer Welt, in der so viele so wenig haben, schaut auf die Rosskastanien, mit denen er seine gute Mütze schmutzig gemacht hat und deren glänzendes Braun nun stumpf wird.

Bittere Erinnerungen, sogar wenn man tot ist.

Sehr deprimierend.

Mach dir nichts draus. Nur Mut.

Er ist auf den Beinen, sieht wieder manierlich aus. Er sieht sich um, entdeckt große Steine und zwei Stecken von ganz brauchbarer Länge, mit denen er den Eingang zu seinem Wäldchen kennzeichnet, damit er ihn wiederfindet.

In seinem leuchtend grünen Mantel tritt er aus den Bäumen, durchquert die Ebene und geht zurück zum Ufer.

Und das Meer? Ruhig, wie Meer im Traum.

Das Mädchen? Nirgends zu sehen. Die anderen, die im Kreis um sie tanzten? Weg. Allerdings hat es am Ufer jemanden angespült. Daniel geht nachschauen. Ist er das?

Nein. Es ist ein Toter.

Gleich neben diesem Toten liegt ein zweiter toter Mensch. Und dahinter noch einer und noch einer.

Daniel verfolgt die dunkle Linie der von der Flut ans Ufer gespülten Toten.

Manche Leichen sind die noch sehr kleiner Kinder. Daniel hockt sich neben einen aufgetriebenen Mann, der ein Kind, einen Säugling im Grunde, unter seiner Jacke hat, der Mund des Kindes offen, Wasser schwappt heraus, der Kopf ruht tot auf der aufgeblähten Brust des Mannes.

Weiter oben am Strand sind noch mehr. Es sind Menschen wie die am Ufer, aber sie leben. Sie sitzen unter Sonnenschirmen. In einiger Entfernung von dem Ufer mit den Toten machen sie Urlaub.

Von einem Bildschirm schallt Musik. Dort arbeitet jemand an einem Computer. Ein anderer sitzt im Schatten und liest auf einem kleinen Display. Unter demselben Sonnenschirm schlummert ein Dritter, ein Vierter reibt sich die Schultern und Arme mit Sonnencreme ein.

Ein vor Lachen kreischendes Kind rennt ins Wasser und wieder raus, wenn die größeren Wellen kommen.

Daniel Gluck sieht vom Tod zum Leben und dann wieder zum Tod.

Die Traurigkeit der Welt.

Noch auf der Welt, eindeutig.

Er sieht an seinem Laubmantel hinab, immer noch grün.

Streckt einen wundersamerweise noch immer jungen Arm vor.

Ewig währt er nicht, der Traum.

Daniel greift nach einem Blatt am Saum seines Mantels.

Hält es ganz fest. Das nimmt er mit, wenn er kann. Beweis dafür, wo er gewesen ist.

Was soll er sonst mitbringen?

Wie ging der Refrain noch mal?

Wie viele Welten

Eine Handvoll Sand

Es ist ein Mittwoch, kurz nach Mittsommer. Elisabeth Demand – zweiunddreißig Jahre alt, geringfügig beschäftigte Aushilfsdozentin an einer Universität in London, lebt den Traum, wie ihre Mutter sagt, und das stimmt auch, wenn es ein Traum ist, dass man keine Arbeitsplatzgarantie hat, fast alles, was man sonst machen könnte, zu kostspielig ist und man noch in derselben Wohnung zur Miete wohnt, in der man schon vor über zehn Jahren als Student hockte – ist in die Stadt unweit des Dorfs, in dem ihre Mutter jetzt lebt, gefahren, wo sie den Antrag für ihren neuen Pass im Check-&-Send-Verfahren auf dem Hauptpostamt abgeben will.

Die Bearbeitung wird durch diesen Service offenbar beschleunigt. Das heißt, der neue Pass kann in der Hälfte der Zeit ausgestellt werden, wenn man seinen ausgefüllten Antrag, den alten Pass und die neuen Fotos mitbringt und wenn ein dazu befugter Postamtsamtmann den Antrag mit einem zusammen durchgeht, bevor er an die Passbehörde geschickt wird.

Der Wartemarkenspender teilt ihr eine Marke mit der Nummer 233 für Schalterservice zu. Viel ist nicht los auf dieser Post, abgesehen von der bis auf die Straße reichenden Schlange verärgerter Kunden an der Selbstbedienungswaage, für die es keinen Markenspender gibt. Elisabeths Nummer ist aber noch so weit von den Nummern entfernt, die auf den Tafeln über den Köpfen aller als *Nächster Kunde* (156, 157, 158) angezeigt werden, außerdem dauert es so lange, bis die zwei einsamen Angestellten hinter den zwölf Schaltern die Kunden mit vermutlich Nummer 154 und 155 bedient haben (Elisabeth ist seit zwanzig Minuten hier, und es sind immer noch dieselben zwei Kunden), dass sie das Postamt verlässt, die Grünfläche überquert und in die Antiquariatsbuchhandlung in der Bernard Street geht.

Als sie zehn Minuten später wiederkommt, stehen immer noch nur die zwei einsamen Angestellten hinter den Schaltern. Auf den Tafeln werden aber jetzt als *Nächster Kunde* für den Schalterdienst die Nummern 284, 285 und 286 angezeigt.

Elisabeth drückt den Knopf am Spender und zieht eine neue Marke (365). Sie setzt sich auf die runde kommunale Sitzgarnitur in der Mitte des Raums. Irgendetwas ist in ihrem Unterbau kaputt, denn als Elisabeth sich niederlässt, knackt es, und der neben ihr sitzende Kunde schnellt ruckartig zwei Fingerbreit in die Luft. Dann setzt sich der Kunde um, der Sitz knackt, und Elisabeth sackt ruckartig zwei Fingerbreit nach unten.

Durch die Fenster sieht sie auf der anderen Straßenseite das herrschaftliche städtische Gebäude, das früher einmal das Amt der Hauptpost war. Heute beherbergt es eine Zeile von Designer-Kettenläden. Parfum. Bekleidung. Kosmetik. Sie lässt den Blick wieder durch den Raum schweifen. Auf der kommunalen Sitzgarnitur sitzen fast noch genau dieselben Kunden wie beim ersten Mal, als sie ihre Nummer zog. Elisabeth schlägt das Buch in ihrer Hand auf. Schöne neue Welt. Erstes Kapitel. *Ein grauer, gerade mal vierunddreißigstöckiger Klotz. Über dem Hauptportal der Hinweis: CITY-BRÜTER UND KONDITIONIERUNGSCENTER LONDON und auf einem Wappen der Wahlspruch des Weltstaats: KOLLEKTIVITÄT, IDENTITÄT, STABILITÄT.* Einunddreiviertel Stunden später, sie ist schon ziemlich weit in dem Buch, sind die meisten Kunden um sie herum immer noch dieselben, starren weiter ins Leere, lassen ab und zu das Möbel knacken. Keiner unterhält sich mit einem anderen. In der ganzen Zeit, die sie hier ist, hat kein Mensch auch nur ein Wort zu ihr gesagt. Das Einzige, was sich verändert, ist die Windung der Schlange vor der Selbstbedienungswaage. Ab und zu durchquert jemand den Raum und sieht sich die Gedenkmünzen an, die auf einer Schautafel hinter Plexiglas ausgestellt sind. Es gibt ein Set, sieht Elisabeth schon von hier, zum Jubiläum von Shakespeares Geburts- oder Todestag. Auf einer Münze ist ein Schädel. Also wohl Todestag.

Elisabeth schaut wieder in ihr Buch, und zufällig wird auf der Seite, auf der sie gerade ist, Shakespeare zitiert. *»O schöne neue Welt!« Miranda kündete von der Möglichkeit des Schönen, der Möglichkeit, selbst den Alptraum in etwas Gutes und Edles zu verwandeln. »O schöne neue Welt!« Es war eine Auf-*

forderung, ein Auftrag. Von dem Buch aufzublicken und die Gedenkmünzen genau in dem Moment zu erspähen, in dem sich das Buch Shakespeare zur Seite stellt – das ist doch mal was. Sie rutscht auf ihrem Platz herum und lässt aus Versehen das Möbel knacken. Die Frau neben ihr schnellt ein wenig in die Höhe, gibt aber nicht zu erkennen, dass sie es gemerkt hat oder auch nur merken wollte.

Auf so unkommunikativen kommunalen Sitzmöbeln zu sitzen ist eigenartig.

Es gibt hier jedoch niemanden, dem Elisabeth einen vielsagenden Blick zuwerfen, geschweige denn mitteilen könnte, was ihr gerade zu dem Buch und den Münzen durch den Kopf gegangen ist.

Es ist sowieso einer jener Zufälle, die im Fernsehen und in Büchern etwas bedeuten könnten, im wirklichen Leben aber bedeutungslos sind. Was würde man aus Anlass von Shakespeares *Geburtstag* auf einer Gedenkmünze abbilden? O schöne neue Welt. Das wäre gut. Es wäre ein bisschen so, wie es wohl ist, geboren zu werden. Falls sich irgendjemand an seine Geburt erinnern kann.

Die Anzeige meldet 334.

Hallo, sagt Elisabeth gut vierzig Minuten später zu dem Mann hinter dem Schalter.

Die Anzahl der Tage eines Jahres, sagt der Mann.

Wie bitte?, sagt Elisabeth.

365, die Nummer.

Ich habe fast ein ganzes Buch ausgelesen, während ich heute Vormittag hier gewartet habe, sagt Elisabeth. Und dabei ist mir eingefallen, dass es vielleicht eine gute Idee wäre, hier Bücher vorrätig zu haben, damit die Leute, die lange warten müssen, in der Zeit ein bisschen lesen können, wenn sie wollen. Haben Sie schon einmal daran gedacht, eine kleine Bibliothek aufzustellen oder einzurichten?

Komisch, dass Sie das sagen, sagt der Mann. Die meisten Kunden kommen gar nicht wegen Postdienstleistungen. Seit die Bücherei geschlossen wurde, kommen sie hierher, wenn es regnet oder überhaupt sehr ungemütlich ist.

Elisabeth blickt zurück zu der Bank, auf der sie gesessen hat. Auf dem Platz, von dem sie gerade aufgestanden ist, sitzt jetzt eine sehr junge Frau, die einen Säugling stillt.

Jedenfalls vielen Dank für Ihre Anfrage. Ich hoffe, wir haben sie zu Ihrer vollen Zufriedenheit beantwortet, sagt der Mann gerade.

Er will schon den Knopf neben sich drücken und Nummer 366 an den Schalter rufen.

Nein!, sagt Elisabeth.

Der Mann krümmt sich. Er hat offenbar einen Scherz gemacht; seine Schultern heben und senken sich, aus dem Mann kommt aber kein Laut heraus. Es ist wie Lachen, aber auch wie die Parodie von Lachen und gleichzeitig fast so, als hätte er gerade einen Asthmaanfall. Vielleicht darf man hinter dem Schalter der Hauptpost nicht laut herausplatzen vor Lachen.

Ich bin nur einmal in der Woche hier, sagt Elisabeth. Wenn Sie das gemacht hätten, hätte ich nächste Woche wiederkommen müssen.

Der Mann wirft einen Blick auf ihr Check-&-Send-Formular.

Das werden Sie eventuell sowieso machen müssen, sagt er. In neun von zehn Fällen stellt sich nämlich heraus, dass irgendetwas nicht vorschriftsmäßig ist.

Sehr witzig, sagt Elisabeth.

Ich mache keine Scherze, sagt der Mann. Bei Passdokumenten gibt es nichts zu lachen.

Der Mann leert den Umschlag mit all ihren Papieren auf seiner Seite der Trennwand aus.

Bevor wir uns damit befassen, sagt er, muss ich Sie darauf hinweisen, dass eine Gebühr von £9,75 fällig wird, wenn ich jetzt fortfahre und Ihr Check-&-Send-Formular prüfe. Das heißt, die £9,75 sind heute zu entrichten. Und sollte aus irgendeinem Grund irgendetwas nicht den Vorschriften entsprechen, kostet es Sie heute trotzdem £9,75, und Sie müssen die Gebühr bei mir in jedem Fall entrichten, auch wenn wir die Unterlagen wegen irgendeiner Unkorrektheit nicht abschicken können.

Ist klar, sagt Elisabeth.

Aber. Es geht noch weiter, sagt der Mann. Sollte irgendetwas nicht den Vorschriften entsprechen, Sie die verlangten £9,75 heute zahlen und das Detail, das nicht den Vorschriften entspricht, korrigieren und innerhalb eines Monats wiederbringen, wird die Gebühr von £9,75 nicht noch einmal fällig, vorausgesetzt, Sie können Ihren Kassenbeleg vorweisen. Wenn Sie die Unterlagen allerdings *nach* einem Monat oder *ohne* Kassenbeleg wiederbringen, werden Ihnen noch einmal £9,75 für einen neuen Check-&-Send-Service berechnet.

Kapiert, sagt Elisabeth.

Sie sind sich sicher, dass Sie heute trotzdem mit Check-&-Send fortfahren wollen?, sagt der Mann.

Mhm, sagt Elisabeth.

Könnten Sie bitte laut und deutlich ja sagen, statt nur so ein unbestimmtes Bestätigungsgeräusch von sich zu geben?, sagt der Mann.

Mhm, sagt Elisabeth. Ja.

Obwohl Sie die Gebühr entrichten müssen, auch wenn das Check & Send heute keinen Erfolg hat?

Allmählich hoffe ich das sogar, sagt Elisabeth. Es gibt ein paar alte Klassiker, die ich noch nicht gelesen habe.

Sie halten sich wohl für sehr witzig?, sagt der Mann. Soll ich Ihnen ein Reklamationsformular holen, das Sie beim Warten ausfüllen können? In dem Fall müssen Sie den Schalter aber verlassen, solange ich jemand anderen bediene, und da ich kurz vor meiner Mittagspause bin, büßen Sie den Platz direkt im Anschluss ein und müssen eine neue Wartemarke am Automaten ziehen und warten, bis Sie dran sind.

Ich habe absolut nicht die Absicht, mich über irgendetwas zu beschweren, sagt Elisabeth.

Der Mann blickt auf ihr ausgefülltes Formular.

Ihr Nachname lautet wirklich Demand, ja?, sagt er. Wie fordern?

Mhm, sagt Elisabeth, ich meine ja.

Ein Name, dem Sie vollauf gerecht werden. Wie wir bereits festgestellt haben.

Äh, sagt Elisabeth.

War nur ein Scherz.

Seine Schultern hüpfen auf und nieder.

Und Sie sind sich sicher, dass Sie Ihren Vornamen richtig geschrieben haben?

Ja.

Das ist nicht die übliche Schreibweise, sagt der Mann. Die übliche Schreibweise ist die mit einem z. Meines Wissens.

Meiner schreibt sich mit s, sagt Elisabeth.

Komische Schreibung, sagt der Mann.

Es ist mein Name.

Bei Ausländern wird er gewöhnlich so geschrieben, nicht?, sagt der Mann.

Er blättert den abgelaufenen Pass durch.

Hier steht aber, Sie sind britische Staatsbürgerin, sagt er.

Bin ich auch, sagt Elisabeth.

Dieselbe Schreibung, das s und alles, sagt er.

Erstaunlich, sagt Elisabeth.

Nicht sarkastisch werden, sagt der Mann.

Jetzt vergleicht er das Foto im alten Pass mit dem Bogen neuer Automatenfotos, den Elisabeth mitgebracht hat.

Erkennbar, sagt er. Gerade noch. (Schulterhüpfen.) Und das ist bloß die Veränderung von zweiundzwanzig zu zweiunddreißig. Warten Sie mal, bis Sie den Unterschied sehen, wenn Sie in zehn Jahren wegen eines neuen Passes wieder hierherkommen. (Schulterhüpfen.)

Er vergleicht die Zahlen, die sie in das Formular eingetragen hat, mit denen im abgelaufenen Pass.

Wollen Sie verreisen?, sagt er.

Vielleicht, sagt Elisabeth. Bloß für alle Fälle.

Wohin soll's denn gehen?, sagt er.

Da kommt vieles in Frage, hoffe ich. Wer weiß? Die Welt? Die Austerinsel.

Schwer allergisch dagegen, sagt der Mann. Wenn ich bloß das Wort höre. Falls ich heute Nachmittag sterbe, weiß ich, was ich sagen muss, wer daran schuld ist.

Schulterhüpfen. Auf und nieder.

Er legt die Automatenfotos vor sich hin. Verzieht den Mund. Schüttelt den Kopf.

Was ist?, sagt Elisabeth.

Nein, ich glaub, das geht so in Ordnung, sagt er. Die Haare. Die dürfen auf keinen Fall die Augen bedecken.

Meine Augen *sind* komplett frei, sagt Elisabeth. Meine Haare sind nicht mal in Augennähe.

Sie dürfen auch nicht in Gesichtsnähe sein, sagt der Mann.

Sie sind auf meinem Kopf. Da wachsen sie. Und mein Gesicht ist ebenfalls an meinem Kopf befestigt.

Keckheiten, sagt der Mann, ändern kein Jota an den Vorschriften, die besagen, dass man Ihnen am Ende durchaus einen Pass ausstellen kann, den Sie auch benötigen, bevor Sie irgendwohin außerhalb der Grenzen des Königreichs reisen dürfen. Mit anderen Worten, die bringen Sie nicht weiter.

Stimmt, sagt Elisabeth. Danke.

Ich glaube, das geht so in Ordnung, sagt der Mann.

Gut, sagt Elisbeth.

Warten Sie, sagt der Mann. Ein Momentchen.

Er steht von seinem Stuhl auf und duckt sich hinter die

Trennwand. Taucht mit einem Pappkarton wieder auf, in dem verschieden große Scheren liegen, Radiergummis, ein Heftgerät, Büroklammern und ein zusammengerolltes Maßband. Nach dem greift er und rollt die ersten Zentimeter auf. Legt das Maßband auf ein Automatenfoto von Elisabeth.

Ja, sagt er.

Ja?

Dachte ich mir, sagt er. 24 Millimeter. Wie ich es mir dachte.

Gut, sagt Elisabeth.

Nicht gut, sagt der Mann. Leider gar nicht gut. Ihr Gesicht hat die falsche Größe.

Wie kann mein Gesicht eine falsche Größe haben?, sagt Elisabeth.

Sie haben die Anweisung über die Größe des Bildrahmens um das Gesicht nicht befolgt, das heißt, falls sich in dem von Ihnen benutzten Fotoautomaten ein Aushang zu den Vorschriften für die Passbildgröße befindet. Es kann natürlich sein, dass sich in dem von Ihnen benutzten Automaten kein Aushang zu den Vorschriften befand. Aber das hilft so oder so nichts, fürchte ich.

Welche Größe soll mein Gesicht denn haben?, sagt Elisabeth.

Die korrekte Gesichtsgröße auf dem einzureichenden Foto liegt zwischen 29 und 34 Millimetern. Ihres ist fünf Millimeter zu klein.

Warum muss mein Gesicht eine bestimmte Größe haben?

Weil es Vorschrift ist, sagt der Mann.

Ist das wegen der biometrischen Gesichtserkennung?, sagt Elisabeth.

Der Mann sieht sie das erste Mal frontal an.

Ich kann das Formular natürlich nicht weiterleiten, wenn die Vorschriften nicht beachtet wurden, sagt er.

Er nimmt einen Bogen Papier von einem Stapel auf seiner rechten Seite.

Sie sollten zu Snappy Snaps gehen, sagt er und stempelt mit einem Metallstempel einen kleinen Kreis auf den Papierbogen. Dort macht man Ihnen die Fotos genau mit den richtigen Abmessungen. Wo wollen Sie denn hinfahren?

Tja, nirgendwohin, bevor ich keinen neuen Pass habe, sagt Elisabeth.

Der Mann zeigt auf den noch nicht abgestempelten Kreis neben dem gestempelten.

Wenn Sie ihn innerhalb eines Monats, von diesem Datum an gerechnet, wiederbringen, brauchen Sie keine £9,75 für einen zweiten Check-&-Send-Antrag zu entrichten, vorausgesetzt, es ist alles korrekt. Wohin wollten Sie gleich noch fahren?

Nirgendwohin, sagt Elisabeth.

Ich hoffe, Sie fassen es nicht falsch auf, wenn ich in dieses Kästchen eintrage, dass bei Ihnen mit dem Kopf etwas nicht stimmt, sagt der Mann.

Seine Schultern bewegen sich nicht. In das Kästchen neben das Wort *Andere* trägt er ein: FALSCHE KOPFGRÖSSE.

Wissen Sie, was als Nächstes passieren würde, sagt Elisabeth, wenn das ein Fernsehfilm wäre?

Im Fernsehen kommt doch nur Müll, sagt der Mann. Ich seh mir lieber Filmkassetten an.

Ich meine, sagt Elisabeth, Sie wären in der nächsten Szene an einer Austernvergiftung gestorben, und mich würde man verhaften und für etwas verantwortlich machen, was ich nicht getan habe.

Die Macht der Suggestion, sagt der Mann.

Die Suggestion der Macht, sagt Elisabeth.

Oh, sehr schlau.

Mit dem Eintrag, dass mein Kopf auf dem Foto die falsche Größe hat, wäre außerdem gesagt, ich hätte etwas Unrechtes und Illegales getan oder gedächte es zu tun, sagt Elisabeth. Und dass ich Sie nach der biometrischen Gesichtserkennung gefragt habe, dass ich zufällig davon weiß und Sie gefragt habe, ob die in der Passbehörde angewendet wird, macht mich ebenfalls verdächtig. Und dann gibt es speziell in Ihrer Version unserer Geschichte noch die Andeutung, ich wäre vielleicht ein bisschen neben der Spur, weil ich ein s im Namen habe und kein z.

Wie bitte?, sagt der Mann.

Wie bei dem Kind, das in einem Fernsehspiel oder einem Film vorbeiradelt, sagt Elisabeth, wie in dem Fernsehspiel oder dem Film, den man sich anguckt, wenn da ein Kind mit dem Fahrrad fährt und man es davonfahren sieht, immer weiter, vor allem, wenn man es aus der Perspektive der Kamera hinter dem Kind sieht, tja, dann stößt diesem Kind bestimmt gleich etwas Schreckliches zu, und man hat es mit Sicherheit zum letzten Mal gesehen, dieses Kind, das außerdem ganz arglos ist. Man kann nicht mehr nur

Kind sein und vor sich hin radeln, weil man zu den Läden will. Oder wenn ein fröhlicher Mann oder eine fröhliche Frau mit dem Auto fährt, einfach fährt und sich freut, sonst nichts – und vor allem, wenn es in eine Szene eingeblendet ist, in der ein anderer wartet, dass der im Auto nach Hause kommt –, dann hat er oder sie aller Voraussicht nach bestimmt einen Unfall und stirbt. Oder wird, wenn es eine Frau ist, entführt und fällt einem grausamen Sexverbrechen zum Opfer oder verschwindet spurlos. Aller Voraussicht nach fährt er oder sie mit dem Auto garantiert in sein oder ihr Verderben.

Der Mann faltet den Check-&-Send-Kassenbeleg, steckt ihn mit dem Formular, dem alten Pass und den ungeeigneten Fotos in den Umschlag, den Elisabeth ihm gegeben hat, und reicht ihn ihr über die Trennwand hinüber. Sie entdeckt eine schreckliche Niedergeschlagenheit in seinem Blick. Er sieht, dass sie es sieht, und versteift sich noch mehr, zieht eine Schublade auf, entnimmt ihr ein laminiertes Blatt Papier und stellt es vor die Trennwand.

Schalter geschlossen.

Hier geht es nicht um Erfundenes, sagt er. Hier ist das Postamt.

Elisabeth sieht ihn durch die Schwingtür im hinteren Teil des Raums verschwinden.

Sie zwängt sich durch die Schlange an der Selbstbedienung und verlässt das nicht erfundene Postamt.

Geht durch die Grünanlage zur Bushaltestelle.

Sie fährt zur Maltings Care Providers AG und besucht Daniel.

Daniel ist noch hier.

Die letzten drei Male, die Elisabeth da war, hat er geschlafen. Er wird auch heute schlafen, wenn sie kommt. Sie wird sich an sein Bett setzen und das Buch aus ihrer Tasche holen.

Schöne alte Welt.

Daniel wird so tief schlafen, dass es aussehen wird, als wache er nie wieder auf.

Hallo, Mr Gluck, wird sie sagen, falls er es doch tut. Entschuldigen Sie, ich bin spät dran. Ich musste mein Gesicht ausmessen lassen und wurde wegen falscher Größe abgelehnt.

Es ist aber sinnlos, so etwas zu denken. Er wird nicht wach sein.

Falls er aber doch aufwachen sollte, würde er ihr als Erstes irgendeine Szene aus der ergiebigen Landschaft in seinem Kopf schildern, in der er herumgewandert war.

Oh, das war eine lange Schlange, würde Daniel sagen, den ganzen Weg bergauf. Landstreicher, in einer Reihe vom Fuß bis zum Gipfel eines Bergs in den Sacramento Mountains.

Klingt ernst, wird sie sagen.

War es auch, würde er sagen. Das Komische ist nie unernst. Und er war der größte Komiker von allen. Er hat sie eingestellt, Hunderte und Aberhunderte, und sie waren echt, aus dem wirklichen Leben, echte Tramps als Begleiter seines Filmstar-Tramps, echte Einzelgänger und Obdachlose. Er wollte, dass es aussieht wie beim Goldrausch. Die lokale Polizei hat verlangt, dass die Produzenten den Landstreichern das Honorar erst auszahlen sollen, wenn alle wieder eingesammelt und nach Sacramento City zurückgebracht worden sind. Die wollten nicht, dass die in dem ganzen Bezirk umherstreunen. Als er noch klein war – der Junge, der sein Leben als einer der reichsten und berühmtesten Männer der Welt beschließen sollte –, als er noch klein war und in dem Armenhaus für Kinder lebte, dem Waisenhaus, nachdem seine Mutter in die Irrenanstalt eingeliefert worden war, bekam er zu Weihnachten eine Tüte mit Süßigkeiten und eine Orange geschenkt, wie sie alle in dem Haus bekamen. Aber mit einem Unterschied, dem hier: Er teilte sich seine Dezembertüte mit den Süßigkeiten so ein, dass sie bis Oktober reichten.

Daniel würde den Kopf schütteln.

Ein Genie, würde er sagen.

Dann würde er von unten zu Elisabeth hochschielen.

Oh, hallo, sagen.

Er würde auf das Buch in ihren Händen schauen.

Was liest du gerade?, würde er sagen.

Elisabeth würde es hochhalten.
Schöne neue Welt.
Ach, das olle Ding.
Für mich ist es neu.

Dieser kurze Dialog? Ausgedacht.

Daniel befindet sich jetzt in einer Phase vermehrten Schlafs. Jede Pflegekraft, die zufällig gerade Dienst hat, fühlt sich bemüßigt, Elisabeth, wenn sie bei ihm sitzt, zu erläutern, dass die Phase vermehrten Schlafs beginnt, wenn Menschen dem Tode nahe sind.

Daniel ist wunderschön.

Er ist so winzig in dem Bett. Es ist, als wäre er nur Kopf. Schmal ist er jetzt und gebrechlich, so dünn wie das Skelett eines Fischs im Cartoon, das die Katze im Cartoon übrig gelassen hat, sein Körper unter der Decke so wenig vorhanden, dass er kaum noch einen Abdruck hinterlässt, nur ein Kopf, allein auf einem Kissen, ein Kopf mit einer Höhle darin, und die Höhle ist sein Mund.

Die Augen sind geschlossen und wässrig. Die Pausen zwischen den einzelnen Atemzügen sind lang. In dieser langen Zeit strömt überhaupt kein Atem, so dass es nach jedem Ausatmen sein kann, dass er vielleicht nicht wieder einatmet, es ist doch gar nicht möglich, dass ein Mensch so lange keinen Atemzug tut und trotzdem noch atmet und lebt.

Ein schönes Alter, er hat sich gut gehalten, sagen die Pfleger.

Er hatte ein langes, erfülltes Leben, sagen die Pfleger, als wollten sie sagen, er hat es bald ausgestanden.

Ach ja?

Sie kennen Daniel nicht.

Sind Sie eine Angehörige? Wir haben nämlich erfolglos versucht, Mr Glucks Angehörige zu erreichen, sagte die Frau am Empfang, als Elisabeth zum ersten Mal kam. Elisabeth log, ohne auch nur zu zögern. Sie gab ihnen ihre Handynummer und die Telefonnummer und die Wohnanschrift ihrer Mutter.

Wir benötigen außerdem einen Identitätsnachweis, sagte die Frau am Empfang.

Elisabeth zog ihren Pass hervor.

Der Pass ist leider abgelaufen, sagte die Frau.

Ja, aber erst vor einem Monat. Ich lasse ihn erneuern. Ich bin offensichtlich ja immer noch ich, sagte Elisabeth.

Die Frau setzte zu einem Vortrag darüber an, was zulässig war und was nicht. Dann gab es am Haupteingang einen kleinen Zwischenfall, als ein Rollstuhlfahrer mit einem Rad in dem Spalt zwischen Rampe und Türrand steckenblieb, und die Frau vom Empfang lief los, jemanden zu suchen, der den Rollstuhl befreien konnte. Eine Kollegin kam von hinten nach vorn. Die Kollegin sah, dass Elisabeth ihren Pass wieder einsteckte, nahm an, er sei bereits kontrolliert worden, und druckte Elisabeth eine Besucherkarte aus.

Wenn Elisabeth jetzt den Mann sieht, der mit dem Rollstuhl in dem Spalt steckengeblieben war, lächelt sie ihm immer zu. Der Mann sieht sie an, als wüsste er nicht, wer sie ist. Stimmt ja auch. Er weiß es nicht.

Sie holt sich einen Stuhl aus dem Gang und stellt ihn neben das Bett.

Holt für den Fall, dass Daniel die Augen öffnet (er mag es nicht, beobachtet zu werden), das Buch hervor, das sie gerade dabeihat.

Das Buch, Schöne neue Welt, aufgeschlagen in der Hand, schaut sie auf Daniels Haupt. Betrachtet die dunklen Flecken auf der Haut unter den Resten von Haar, die er noch hat.

Daniel in dem Bett, still wie der Tod. Still, aber da. Noch ist er da.

Elisabeth holt ihr Handy hervor. Tippt das Wort *still* ein, bloß um zu sehen, was da alles auftaucht.

Das Internet liefert ihr prompt eine Reihe von Sätzen mit Beispielen für den Gebrauch des Worts.

Leise, still und heimlich.
Stille Wasser sind tief.
Die Eisenbahnstrecke wurde stillgelegt.
Einen besten Zeitpunkt zum Abstillen gibt es nicht.
Die Parteien vereinbarten Stillschweigen.
Er war nur stiller Teilhaber.
Die Kunst des Stilllebens.

O ja, aber ich wette mit dir (sagt er und sagt er nicht), dass sie in deiner Liste nicht das *still* haben, das in dem Wort *Destillerie* vorkommt.

Elisabeth scrollt auf dem Bildschirm nach unten und sieht nach.

Und bei dem Wort scrollen, sagt Daniel, ohne es auszusprechen, denke ich an die Papyrusrollen, die seit zwei Jahrtausenden ungelesen in der noch nicht ausgegrabenen Bibliothek in Herculaneum liegen und darauf warten, entrollt zu werden.

Sie scrollt ans Ende der Seite.

Sie haben recht, Mr Gluck. Weit und breit kein Whisky.

Trotzdem, sagt Daniel und sagt er nicht, ist noch nicht alles zum Stillstand gekommen.

Er liegt sehr still in dem Bett, und die Höhle seines Munds, der all das nicht sagt, ist die Schwelle zum Ende der Welt, wie Elisabeth sie kennt.

Elisabeth sieht an einer alten Mietskaserne hinauf, einem Gebäude von der Art, die in alten Filmen aus den Sechzigern und Siebzigern, als man die britischen Städte modernisierte, mit Baggern abgerissen werden und in sich zusammenfallen.

Das Haus steht noch, aber in einer verheerten Umgebung. Alle anderen Häuser hat man der Straße gezogen wie schlechte Zähne.

Elisabeth drückt die Tür auf. Die Diele ist dunkel, die Tapete fleckig und trostlos. Das Wohnzimmer ist leer, ohne jegliches Mobiliar. Im Dielenboden fehlen Stücke; wer hier wohnte oder die Wohnung besetzte, hat sie herausgerissen und im Kamin verfeuert. Ein Streifen rußiger Schmutz reicht vom Sims bist fast hinauf zur Decke.

Elisabeth stellt sich die Wände weiß vor. Sie stellt sich vor, alles hier drin wäre weiß gestrichen.

Sogar die Löcher im Boden sind innen an den kaputten weißen Dielen weiß gestrichen.

Von den Fenstern des Hauses sieht man auf eine hohe

Ligusterhecke. Elisabeth geht hinaus und streicht auch diese Hecke weiß.

Daniel, der drinnen auf einer weiß gestrichenen alten Couch sitzt, aus der das Polster quillt, starrend vor weißer Emulsion, lacht über ihre Werkelei. Er lacht lautlos, aber wie ein Kind und umfasst seine Füße mit den Händen, während sie ein kleines grünes Blatt nach dem anderen weiß streicht.

Daniel sucht ihren Blick. Zwinkert. Das genügt.

Sie stehen in einem reinweißen Raum.

Ja, sagt sie. Jetzt können wir die Bude für ein Vermögen verkaufen. So einen Minimalismus können sich heute nur ganz Reiche leisten.

Daniel zuckt mit den Schultern. Plus ça change.

Wollen wir einen Spaziergang machen, Mr Gluck?, sagt Elisabeth.

Daniel ist aber schon losgegangen, durchquert die weiße Wüste in gehörigem Tempo. Elisabeth will ihn einholen. Schafft es nicht ganz. Er ist ihr immer zu weit voraus. Das Weiße vor ihnen hört überhaupt nicht auf. Als Elisabeth über die Schulter zurückschaut, ist es hinter ihnen genauso.

Jemand hat eine Unterhausabgeordnete umgebracht, erzählt sie Daniels Rücken, während sie mühsam versucht, mit ihm Schritt zu halten. Ein Mann hat auf sie geschossen und ist mit einem Messer auf sie losgegangen. Als genüge Erschießen nicht. Ist aber schon Schnee von gestern. Früher hätte so etwas ein Jahr lang die Schlagzeilen bestimmt. Heute sind die Nachrichten wie eine überdrehte Schafherde, die einen Steilhang hinabgetrieben wird.

Daniels Hinterkopf nickt.

Thomas Hardy auf Speed, sagt Elisabeth.

Daniel bleibt stehen und dreht sich um. Er lächelt freundlich.

Seine Augen sind geschlossen. Er atmet ein. Atmet aus. Trägt Kleidung, die aus Krankenhauslaken gemacht ist. Der Name des Krankenhauses ist an den Ecken aufgedruckt, an manchen Stellen sieht sie ihn in rosa und blauer Schrift an einer Manschette oder innen am Rand des Jackenfutters. Mit einem weißen Taschenmesser schält er eine weiße Orange. Die sich ringelnde Schale fällt in das Weiß wie in Tiefschnee und verschwindet darin. Daniel sieht sich das an und ächzt verärgert. Blickt auf die geschälte Orange in seiner Hand. Sie ist weiß. Er schüttelt den Kopf.

Er klopft seine Taschen ab, an der Brust, an der Hose, als suche er etwas. Dann zieht er wie ein Zauberer eine freischwebende Masse oranger Farbe aus seiner Brust, direkt am Schlüsselbein.

Wirft sie wie einen riesigen Mantel über das Weiß vor ihnen. Noch ehe sie vor ihm niedergegangen ist, fängt er ein Stück mit dem Zeigefinger auf und bindet es um die zu weiße Orange, die er noch in der Hand hat.

Die weiße Orange in seiner Hand nimmt ihre natürliche Farbe an.

Daniel nickt.

Er zieht die Farben Grün und Blau wie Taschentücher an einer Schnur aus seiner Körpermitte. Die Orange in seiner Hand nimmt Cézanne-Farben an.

Leute drängen sich aufgeregt um ihn.

Sie stellen sich in einer Schlange an, bringen ihm ihre weißen Sachen, halten sie ihm hin.

Anonym posten die Ersten unter Daniel tweet-lange Kommentare über Daniel. Sie äußern sich zu seiner Fähigkeit, Dinge zu verändern.

Die Kommentare werden immer unschöner.

Sie klingen allmählich wie das Geräusch eines Hornissenschwarms, und Elisabeth fällt auf, dass sich dicht neben ihren bloßen Füßen etwas ausbreitet, was wie flüssiges Exkrement aussieht. Sie passt auf, dass sie nicht hineintritt.

Ruft Daniel zu, er solle bloß aufpassen, wohin er die Füße setzt.

Kleine Auszeit genommen?, sagt die Pflegerin. Manche können es sich leisten, was?

Elisabeth kommt zu sich, schlägt die Augen auf. Das Buch fällt ihr vom Schoß. Sie hebt es auf.

Die Pflegerin schließt den Infusionsbeutel an.

Einige von uns müssen für ihren Lebensunterhalt arbeiten. Sie zwinkert, ohne Elisabeth direkt anzusehen.

Ich war meilenweit weg, sagt Elisabeth.

Ist er auch, sagt die Pflegerin. Ein sehr netter, höflicher Herr. Er fehlt uns. Die Phase vermehrten Schlafs. Die beginnt, wenn es langsam (kurze Pause, bevor sie es ausspricht) aufs Ende zugeht.

Die Pausen sind eine äußerst präzise Sprache, sie sagen mehr, als es Sprache vermag, denkt Elisabeth.

Bitte sprechen Sie nicht über Mr Gluck, als könnte er sie nicht hören, sagt sie. Er hört sie ebenso gut wie ich. Auch wenn es so aussieht, als schlafe er.

Die Pflegerin hängt das Krankenblatt, das sie sich angesehen hat, wieder über den Holm am Bettende.

Einmal, ich war gerade dabei, ihn zu waschen, sagt sie, als wäre Elisabeth ebenfalls nicht da und als wäre sie es gewohnt, dass die Patienten nicht da sind, oder als müsse sie vielmehr ihre Arbeit tun, als ob sie nicht da wären.

Und im Aufenthaltsraum lief der Fernseher, laut, und seine Tür stand offen. Er öffnet die Augen und setzt sich mittendrin kerzengerade auf. Reklame, für einen Supermarkt. Ein Song fängt über den Köpfen der Kunden an, und alle lassen die Sachen, die sie gerade einkaufen, auf den Fußboden fallen und tanzen überall in dem Laden, und er setzt sich kerzengerade im Bett auf und sagt, das bin ich, den Song hab ich geschrieben.

Die olle Queen, stieß Elisabeths Mutter leise hervor.

Warum der?, sagte sie mit normalerer Lautstärke.

Weil er unser Nachbar ist, darum, sagte Elisabeth.

Es war ein Dienstagabend im April 1993. Elisabeth war neun Jahre alt.

Aber wir kennen ihn doch gar nicht, sagte ihre Mutter.

Wir sollen mit einem Nachbarn darüber sprechen, was Nachbarschaft bedeutet, und dann einen Nachbarn schriftlich porträtieren, sagte Elisabeth. Du sollst auch mitkommen, ich soll mir zwei, drei Fragen überlegen und sie für das Porträt einem Nachbarn stellen, und du sollst mich begleiten. Ich hab's dir *gesagt*. Am Freitag hab ich's dir gesagt. Du hast gesagt, machen wir. Es ist für die Schule.

Ihre Mutter machte etwas am Make-up ihrer Augen.

Worüber denn?, sagte ihre Mutter. Über die ganze hochgestochene Kunst, die er da drin hat?

Wir haben Bilder, sagte Elisabeth. Sind die auch hochgestochene Kunst?

Sie sah zu der Wand hinter ihrer Mutter, zu dem Bild

mit dem Fluss und dem kleinen Haus. Dem Bild mit den Eichhörnchen, das aus Stückchen von echten Kiefernzapfen gemacht war. Dem Poster mit den Tänzerinnen von Henri Matisse. Dem Poster von der Frau im Rock mit dem Eiffelturm dahinter. Den vergrößerten Echtfotos ihrer Großmutter und ihres Großvaters, als ihre Mutter noch klein war. Denen von ihrer Mutter, als ihre Mutter noch ein Kleinkind war. Denen von ihr selbst, als sie noch ein Kleinkind war.

Dieser Stein mit dem Loch drin, mittendurch. Mitten in seinem Wohnzimmer, sagte ihre Mutter. Das ist schon ziemlich hochgestochen. Ich war kein bisschen neugierig, ich kam gerade vorbei. Als das Licht brannte. Ich dachte, du sollst heruntergefallene Blätter sammeln und bestimmen.

Das war vor mindestens drei Wochen, sagte Elisabeth. Gehst du weg?

Können wir nicht Abbie anrufen und ihr die Fragen am Telefon stellen?, sagte ihre Mutter.

Wir wohnen aber nicht mehr neben Abbie, sagte Elisabeth. Es soll jemand sein, der *genau jetzt* ein Nachbar ist. Und es soll ein direktes Gespräch sein, man soll mit der Person reden. Und ich soll den Nachbarn fragen, wie es war, als er aufwuchs, und wie er gelebt hat, als er in meinem Alter war.

Das Leben anderer Leute ist Privatsache, sagte ihre Mutter. Da kannst du nicht einfach reinplatzen und alle möglichen Fragen stellen. Und außerdem, warum will die Schule so was über unsere Nachbarn wissen?

Einfach so, sagte Elisabeth.

Sie setzte sich auf die oberste Treppenstufe. Es kam noch so weit, dass sie die Neue war, die ihre Hausaufgaben nicht ordentlich gemacht hatte. Ihre Mutter würde jetzt jeden Augenblick sagen, sie ginge noch einkaufen zum Tesco, der abends aufhatte, und wäre in einer halben Stunde wieder da. In Wahrheit käme sie erst in zwei Stunden wieder. Und roch dann nach Zigaretten. Und hatte nichts aus dem Tesco mitgebracht.

Es geht um Geschichte und um Nachbarschaft, sagte Elisabeth.

Wahrscheinlich spricht er nicht mal besonders gut Englisch, sagte ihre Mutter. Du kannst nicht herumrennen und gebrechliche alte Leute belästigen.

Er ist nicht gebrechlich, sagte Elisabeth. Und kein Ausländer. Und alt ist er auch nicht. Er sieht überhaupt nicht zerbrechlich aus.

Wie sieht er nicht aus?, sagte ihre Mutter.

Wir haben das bis morgen auf.

Ich hab eine Idee. Denk es dir doch einfach aus. Du tust so, als würdest du ihm die Fragen stellen. Und schreibst die Antworten auf, die er deiner Meinung nach geben wird.

Es soll aber die Wahrheit sein, sagte Elisabeth. Es ist für die Nachrichten in Zeitgeschichte.

Das merkt doch niemand, sagte ihre Mutter. Erfinde es selber. Die richtigen Nachrichten sind sowieso immer erfunden.

Die richtigen Nachrichten sind *nicht* erfunden, sagte Elisabeth. Es sind *Nachrichten*.

Über das Thema sprechen wir noch mal, wenn du ein

bisschen älter bist, sagte ihre Mutter. Und etwas zu erfinden ist viel schwerer, ich meine, gut erfinden, so gut, dass es überzeugend ist. Dafür muss man viel mehr draufhaben. Ich sag dir was. Wenn du dir etwas ausdenkst und es so gut ist, dass Miss Simmonds überzeugt ist, kauf ich dir das Die-Schöne-und-das-Tier-Dings.

Das Video?, sagte Elisabeth. Echt?

Mhm, sagte ihre Mutter, drehte sich auf einem Fuß und betrachtete sich von der Seite.

Der Videospieler ist sowieso kaputt, sagte Elisabeth.

Wenn du sie überzeugen kannst, spendier ich uns einen neuen.

Im Ernst?

Und wenn Miss Simmonds dir Schwierigkeiten macht, weil es erfunden ist, rufe ich in der Schule an und versichere ihr, dass es nicht erfunden ist, sondern wahr, sagte ihre Mutter. Gut?

Elisabeth setzte sich an den Computertisch.

Wenn er wirklich sehr alt war, der Nachbar, sah er jedenfalls nicht aus wie die im Fernsehen, die angeblich schon alt waren und immer aussahen, als hätten sie sich unter eine Gummimaske gezwängt, nicht bloß mit dem Gesicht, sondern mit dem ganzen Körper von Kopf bis Fuß, und als steckte, könnte man die abreißen oder aufschneiden, ein unversehrter, unveränderter junger Mensch darunter, der mir nichts, dir nichts herausträte aus der ollen Hautattrappe, wie wenn man die innere Banane aus der Haut nahm. Während sie aber unter der Haut feststeckten, hatten die Augen dieser Leute, zumindest der in den Filmen und Comedysendungen, einen verzweifelten Ausdruck, als wollten sie, ohne etwas auszuplaudern, den Nichteingeweihten zu verstehen geben, dass hohle alte Ichs sie gekapert hatten und aus irgendeinem finsteren Grund jetzt in sich am Leben erhielten, wie bei den Wespen, die Eier in andere Lebewesen legen, damit ihre Nachkommen etwas zu fressen haben. Nur war es hier genau andersherum, das alte Ich nährte sich vom jungen. Und von dem waren nur die Augen übrig, die in den Augenhöhlen feststeckten und flehentlich schauten.

Elisabeths Mutter war an der Haustür.

Tschüs, rief sie. Ich bin bald wieder da.

Elisabeth rannte durch den Flur.

Wenn ich das Wort elegant verwenden will, wie schreibt sich das?

Die Haustür ging zu.

Am nächsten Tag schlug ihre Mutter Elisabeths Nachrichten-Übungsheft auf der Hausaufgabenseite auf, ging hinten raus und durch den Garten bis zu der noch von der Sonne beschienenen Stelle am Zaun, beugte sich drüber und schwenkte das Heft in der Luft.

Hi, sagte sie.

Elisabeth sah von der Hintertür zu. Der Nachbar las ein Buch und trank ein Glas Wein in dem Rest Sonne, der noch da war. Er legte das Buch auf den Gartentisch.

Oh, hallo, sagte er.

Ich bin Wendy Demand, sagte sie. Ich wohne nebenan. Ich will schon vorbeikommen und hallo sagen, seit meine Tochter und ich eingezogen sind.

Daniel Gluck, sagte er von seinem Gartenstuhl.

Freut mich, Sie kennenzulernen, Mr Gluck, sagte ihre Mutter.

Daniel, bitte.

Er hatte eine Stimme wie in alten Filmen, in denen gut gekleideten Piloten von Kampfflugzeugen in Schwarzweiß etwas zustößt.

Ich will Sie auch gar nicht stören, sagte ihre Mutter, aber es fiel mir nur plötzlich ein. Hoffentlich haben Sie nichts dagegen und finden es nicht unverschämt, aber ich dachte, vielleicht möchten Sie den kleinen Aufsatz lesen, den meine Tochter über Sie als Hausaufgabe geschrieben hat.

Über mich?, sagte der Nachbar.

Er ist hübsch, sagte ihre Mutter. Schriftliches Porträt unseres Nachbarn von nebenan. Nicht dass ich selbst gut dabei wegkomme. Aber ich hab's gelesen und dann gesehen, dass Sie im Garten sind, und dachte mir, ach. Ich meine, es ist reizend. Ich meine, es beschämt mich. Aber Sie kommen dabei sehr gut weg.

Elisabeth war entsetzt. Und zwar von oben bis unten. Es war, als hätte das Wort Entsetzen den Mund aufgerissen und sie leibhaftig verschlungen, genau wie eine gummierte alte Haut es tun würde.

Sie zog sich hinter die Tür zurück, wo sie vor Blicken geschützt war. Hörte, wie der Stuhl des Nachbarn über die Steinplatten scharrte, als er aufstand. Hörte, wie er zu ihrer Mutter an den Zaun kam.

Als sie am nächsten Tag von der Schule heimkam, saß der Nachbar direkt neben dem Tor, durch das sie durchmusste, um ins Haus zu kommen, mit untergeschlagenen Beinen auf seiner Gartenmauer.

Sie blieb stockstill an der Straßenecke stehen.

Sie wollte vorbeilaufen und so tun, als wohnte sie nicht in dem Haus, in dem sie wohnten.

Er würde sie nicht erkennen. Sie wäre ein Kind aus einer ganz anderen Straße.

Sie überquerte die Straße, als ginge sie vorbei. Er zog die Beine unter sich hervor und stand auf.

Als er etwas sagte, war sonst kein Mensch auf der Straße, also galt es eindeutig ihr. Es gab kein Entrinnen.

Hallo, sagte er von seiner Straßenseite. Ich habe gehofft, dass ich dich zufällig treffe. Ich bin euer Nachbar, ich bin Daniel Gluck.

Ich bin gar nicht Elisabeth Demand, sagte sie.

Und ging weiter.

Ah, sagte er. Nicht. Verstehe.

Ich bin jemand anders.

Sie blieb auf der anderen Straßenseite stehen und wandte sich um.

Es war meine Schwester, die das geschrieben hat, sagte sie.

Verstehe. Da ist was, was ich dir aber trotzdem sagen wollte.

Was denn?

Na ja, ich glaube, dein Nachname ist ursprünglich französisch, sagte Mr Gluck. Ich glaube, er kommt von den französischen Wörtern de und monde, zusammengeschrieben, und das bedeutet, wenn man es übersetzt, von der Welt.

Echt?, sagte Elisabeth. Wir dachten immer, es bedeutet so was wie wissen wollen, die nettere Form von demand.

Mr Gluck setzte sich auf die Bordsteinkante und schlang die Arme um die Knie. Er nickte.

Von der Welt oder in der Welt, ja, glaub schon, sagte er. Es könnte auch Menschen bedeuten. Wie Abraham Lincoln es gemeint hat: vom Volk, durch das Volk, für das Volk.

(Er war nicht alt. Sie hatte recht. Jemand, der wirklich alt war, schlug nicht die Beine übereinander und schlang auch nicht so die Arme um die Knie. Alte Leute saßen immer bloß in Wohnzimmern, als wären sie von Elektroschockern auf ihrem Platz festgeschockt worden. Sie konnten nichts anderes.)

Ich weiß, dass mein Vorname – der meiner Schwester –, ich meine, der Name Elisabeth, so etwas heißt wie Gott ein Versprechen geben, sagte Elisabeth. Das ist etwas schwierig, weil ich mir nicht sicher bin, ob ich an einen glaube, ich meine, *sie* an einen glaubt. Ich meine, nicht.

Da haben wir noch etwas gemeinsam, sagte er, sie und ich. In Anbetracht der Zeiten, die ich durchlebt habe, würde ich behaupten, ihr Vorname, also Elisabeth, bedeutet, dass sie eines Tages unversehens und wider Erwarten zur Queen gemacht wird.

Zu einer Queen?, sagte Elisabeth. Einer wie Sie?

Ähm –, sagte der Nachbar.

Ich persönlich fände das richtig toll, sagte Elisabeth, denn dann hätte man die ganze Zeit ganz viel hochgestochene Kunst um sich.

Ah, sagte der Nachbar. Stimmt.

Aber bedeutet der Name Elisabeth das auch, wenn er mit s geschrieben wird und nicht mit z?

O ja, zweifellos, sagte er.

Elisabeth ging auf die Straßenseite des Nachbarn hinüber. Blieb ein Stück von ihm entfernt stehen.

Was bedeutet Ihr Name?, sagte sie.

Der Nachname bedeutet, dass ich glücklich und zufrieden bin. Und der Vorname bedeutet, dass ich heil wieder rauskomme, sollte ich jemals in eine Grube voller hungriger Löwen geworfen werden. Und wenn du mal etwas träumst und nicht weißt, was das bedeuten soll, kannst du mich fragen. Mein Vorname bezeichnet auch die Fähigkeit, Träume zu deuten.

Können Sie das?, sagte Elisabeth.

Sie setzte sich auf einen eigenen Bordstein, nur ein Stückchen von dem Nachbarn entfernt.

Eigentlich nicht besonders, sagte er. Aber ich kann etwas erfinden, was brauchbar ist und unterhaltsam, scharfsinnig und gut. Das haben wir gemeinsam, du und ich. Genauso wie die Fähigkeit, jemand anders zu werden, wenn wir das wollen.

Sie meinen, Sie haben es mit meiner Schwester gemeinsam, sagte Elisabeth.

Ja, sagte der Nachbar. Sehr erfreut, euch endlich kennenzulernen, alle beide.

Was soll das heißen, endlich? Wir sind erst vor sechs Wochen hierhergezogen.

Freunde fürs Leben, sagte er. Manchmal wartet man sein Leben lang auf sie.

Er streckte ihr die Hand entgegen. Sie stand auf, durchquerte den kurzen Abstand und streckte ihre Hand aus. Er schüttelte ihr die Hand.

Bis später, unerwartete Queen der Welt. Das Volk nicht vergessen, sagte er.

Seit der Abstimmung ist gerade mal eine gute Woche vergangen. In dem Dorf, in dem Elisabeths Mutter jetzt wohnt, hängt die Girlande für das Sommerfest über der High Street, Plastikwimpel in Rot, Weiß und Blau vor einem Himmel, der eine einzige Drohung ist, und auch wenn es momentan nicht regnet und die Gehsteige trocken sind, macht der Wind, der die Plastikdreiecke rüttelt und schüttelt, ein Geräusch, als hämmere auf die ganze High Street heftiger Regen nieder.

Das Dorf ist missmutig gestimmt. Elisabeth kommt an einem Cottage nicht weit von der Bushaltestelle vorbei, dessen Front von der Tür bis über die Fenster schwarz überstrichen und mit den Worten GO und HOME beschriftet ist.

Passanten senken die Augen, wenden den Blick ab oder starren sie herausfordernd an. In den Geschäften, in denen sie Obst, Ibuprofen und eine Zeitung für ihre Mutter kauft, sprechen die Kunden mit einer neuartigen Reserviertheit. Die Leute, an denen sie zwischen der Bushaltestelle und dem Haus ihrer Mutter vorüberkommt, blicken sie und einander mit neuartigem Hochmut an.

Als Elisabeth heimkommt, sagt ihre Mutter, dass die eine Hälfte des Dorfes nicht mehr mit der anderen spricht und dass ihr das nichts ausmacht, weil mit ihr sowieso niemand spricht, weder jetzt noch früher, auch wenn sie inzwischen fast zehn Jahre hier wohnt (es klingt einen Tick melodramatisch), während sie ebenfalls hämmert, sie nagelt ein altes Messtischblatt der Gegend, in der sie heute lebt, an die Küchenwand, gestern in einem Laden erstanden, den früher der einzige Elektriker des Dorfes betrieb und in dem es heute Seesterne aus Kunststoff und keramikähnliche Deko, kunsthandwerkliches Gartengerät und Segeltuch-Gartenhandschuhe gibt, was alles aussieht wie der Prototyp eines utilitaristischen Utopia aus den Fünfzigern.

Das ist so ein Laden mit Sachen, die ganz nett aussehen, mehr kosten, als sie sollten, und einem einreden, dass man erst dann das richtige Leben führt, wenn man sie gekauft hat, presst ihre Mutter hervor, zwischen deren Lippen immer noch zwei kleine Nägel stecken.

Das Messtischblatt ist von 1962. Ihre Mutter hat mit einem Sharpie rings um die Küste eine rote Linie gezogen, die anzeigt, wo die neue Küste ist.

Sie zeigt auf einen Fleck ziemlich weit im Landesinnern, auf der neuen roten Linie.

Da ist der Bunker aus dem Zweiten Weltkrieg vor zehn Tagen ins Meer gestürzt, sagt sie.

Sie zeigt auf die andere Seite des Blatts, am weitesten von der Küste entfernt.

Und da haben sie den neuen Zaun gebaut, sagt sie. Schau.

Sie zeigt auf das *Gemein* in dem Wort *Gemeindeland*.

Offenbar hat man einen drei Meter hohen Maschendrahtzaun mit einer Stacheldrahtrolle obendrauf auf einem Stück Land unweit des Dorfes errichtet. Auf ganzer Länge sind Überwachungskameras an die Pfähle montiert. Der Zaun umschließt ein Grundstück, auf dem nichts weiter ist als Stechginster, flache sandige Stellen, Büschel von langem Gras, zerzauste Bäumchen und Polster aus Wildblumen.

Geh dir das mal ansehen, sagt ihre Mutter. Ich möchte, dass du etwas dagegen unternimmst.

Was soll ich dagegen unternehmen können?, sagt Elisabeth. Ich bin Dozentin für Kunstgeschichte.

Ihre Mutter schüttelt den Kopf.

Du wirst schon wissen, was man da machen kann, sagt sie. Du bist jung. Los, wir gehen zusammen.

Sie gehen die einspurige Straße entlang. Das Gras links und rechts von ihnen steht hoch.

Dass dein Mr Gluck immer noch lebt, kann ich gar nicht glauben, sagt ihre Mutter.

So ungefähr sagen die bei Maltings Care Providers das auch, sagt Elisabeth.

Er war *damals* schon so alt, sagt ihre Mutter. Er muss doch über hundert sein. In den Neunzigern war er achtzig und ging ganz gebeugt, erinnere dich, die Straße entlang.

Daran erinnere ich mich ganz und gar nicht, sagt Elisabeth.

Als trüge er das Gewicht der Welt auf dem Rücken, sagt ihre Mutter.

Du hast immer gesagt, er wäre wie ein Tänzer.

Ein alter Tänzer. Er ging ganz krumm.

Du hast gesagt, er wär so gelenkig, sagt Elisabeth.

Und dann:

du lieber Gott.

Unmittelbar vor ihnen, er schneidet einen Weg ab, den Elisabeth schon mehrere Male gegangen ist, seit ihre Mutter hier wohnt, und blockiert ihn, so weit das Auge reicht, in welche Richtung sie den Kopf auch dreht, erhebt sich ein Maschendrahtzaun.

Ihre Mutter setzt sich auf die davor aufgeworfene Erde.

Ich will nicht mehr, sagt sie.

Es waren bloß zwei Meilen, sagt Elisabeth.

Das meine ich nicht, sagt sie. Ich hab die Nachrichten satt. Ich hab es satt, wie manches künstlich zu etwas Spektakulärem aufgeblasen wird, was es nicht ist, und anderes, wirklich empörende Dinge, grob vereinfacht wird. Ich hab die Giftigkeit satt, den Zorn, die Niedertracht, den Egoismus. Und am meisten hab ich satt, dass wir nichts unternehmen, damit das aufhört. Ich hab es satt, dass wir das auch noch fördern. Ich hab die Gewalt satt, die jetzt schon überall herrscht, und die, die noch auf uns zukommt, die wir noch nicht erlebt haben. Ich hab die Lügner satt und besonders die Lügner mit Heiligenschein. Ich hab es satt, dass diese Lügner es dazu haben kommen lassen. Ich hab es satt, mich fragen zu müssen, ob sie es aus Dummheit getan haben oder mit voller Absicht. Regierungen, die lügen, hab ich satt und Leute, denen es inzwischen egal ist, ob sie angelogen werden. Ich hab es satt, dauernd so viel Angst zu haben. Ich hab die Feindseligkeit satt und die Duckmäuserei genauso.

Ich glaub, das Wort gibt es nicht, sagt Elisabeth.

Ich hab es satt, nicht die richtigen Wörter parat zu haben, sagt ihre Mutter.

Elisabeth muss an die Backsteine des eingefallenen alten Bunkers im Wasser denken, an die Luftblasen, die von ihren Poren aufsteigen, wenn die Flut sie bedeckt.

Ich bin ein Backstein unter Wasser, denkt sie.

Ihre Mutter spürt, dass Elisabeths Aufmerksamkeit abschweift, schwankt für einen Moment in Richtung Zaun.

Elisabeth, die ihre Mutter satthat (jetzt schon, und dabei ist sie erst anderthalb Stunden zu Besuch), zeigt auf die kleinen Clips, die an verschiedenen Stellen an dem Zaun angebracht sind.

Vorsicht, sagt sie. Ich glaub, der ist geladen.

Im ganzen Land wurde Trübsal geblasen und gejubelt.

Im ganzen Land schnellte das Geschehene hin und her, als wäre ein Stromkabel bei Sturm von einem Mast gerissen worden und schnellte nun über den Bäumen, den Hausdächern und dem Verkehr hin und her.

Im ganzen Land fanden die Leute, es sei das Falsche. Im ganzen Land fanden die Leute, es sei das Richtige. Im ganzen Land fanden die Leute, sie hätten eigentlich verloren. Im ganzen Land fanden die Leute, sie hätten eigentlich gewonnen. Im ganzen Land fanden die Leute, sie hätten das Richtige und andere hätten das Falsche getan. Im ganzen Land lasen die Leute bei Google nach: *Was ist die EU?* Im ganzen Land lasen die Leute bei Google nach: *nach Schottland ziehen*. Im ganzen Land lasen die Leute bei Google nach: *irischen Pass beantragen*. Im ganzen Land beschimpften sich die Leute gegenseitig als Arschlöcher. Im ganzen Land fühlten sich die Leute nicht mehr sicher. Im ganzen Land lachten sich die Leute kaputt. Im ganzen Land fühlten sich die Leute bestätigt. Im ganzen Land fühlten sich die

Leute über den Tisch gezogen, waren fassungslos. Im ganzen Land fühlten sich die Leute im Recht. Im ganzen Land war den Leuten übel. Im ganzen Land spürten die Leute die Last der Geschichte auf ihren Schultern. Im ganzen Land fanden die Leute, Geschichte sei sinnlos. Im ganzen Land fanden die Leute, sie zählten überhaupt nicht. Im ganzen Land hatten die Leute ihre Hoffnung darauf gesetzt. Im ganzen Land schwenkten die Leute Flaggen im Regen. Im ganzen Land zeichneten die Leute Hakenkreuz-Graffiti. Im ganzen Land bedrohten die Leute andere Leute. Im ganzen Land sagten Leute anderen Leuten, sie sollten gehen. Im ganzen Land spielten die Medien verrückt. Im ganzen Land logen Politiker. Im ganzen Land entzweiten sich Politiker. Im ganzen Land verschwanden Politiker in der Versenkung. Im ganzen Land lösten sich Versprechungen in Luft auf. Im ganzen Land löste sich Geld in Luft auf. Im ganzen Land waren die sozialen Medien schuld. Im ganzen Land wurde alles ekelhaft. Im ganzen Land sprach niemand darüber. Im ganzen Land sprach niemand über etwas anderes. Im ganzen Land war rassistische Galle allgegenwärtig. Im ganzen Land sagten die Leute, es gehe nicht darum, dass sie Einwanderer nicht mochten. Im ganzen Land sagten die Leute, es gehe um die Kontrolle. Im ganzen Land änderte sich alles über Nacht. Im ganzen Land blieben die Besitzenden und die Besitzlosen dieselben. Im ganzen Land verdiente der übliche winzige Prozentsatz der Bevölkerung an dem üblichen riesigen Prozentsatz der Bevölkerung. Im ganzen Land Geld Geld Geld. Im ganzen Land kein Geld kein Geld kein Geld.

Im ganzen Land fiel das Land in Stücke. Im ganzen Land trieben die Stücke voneinander fort.

Im ganzen Land war das Land geteilt, ein Zaun hier, eine Mauer da, eine rote Linie hier gezogen, eine rote Linie da überschritten,

hier eine Grenze, die man nicht überschreitet,

da eine Grenze, die man besser nicht überschreitet,

hier ein Grenzstein,

da eine Grenzmauer,

hier eine Grenze, von deren Existenz man nicht mal weiß,

da eine Grenzveränderung, die man sich nicht leisten kann,

ein ganz neuer Grenzverlauf,

ein Grenzfall,

ganz grenzwertig

hier und da.

Es war ein typischer warmer Montag Ende September 2015 in Nizza, in Südfrankreich. Die Passanten auf der Straße blickten erstaunt auf die Fassade des Palais de la Préfecture, an der eben eine lange rote Flagge mit einem Hakenkreuz am oberen Ende über die gesamte Front des Gebäudes herabrollte und sich an die Balkone schmiegte. Menschen schrien. Aufgeregt wurde gebrüllt und gezeigt.

Es war nur das Drehteam einer Filmproduktion, das die Adaption eines Memoirenwerks verfilmte und das Palais stellvertretend für das Hôtel Excelsior verwendete, in dem Alois Brunner, der SS-Hauptsturmführer, einen Amtssitz und private Wohnräume bezog, nachdem die Italiener einen Waffenstillstand mit den Alliierten vereinbart hatten und die Gestapo ihren Platz einnahm.

Der Daily Telegraph berichtete tags darauf, die lokalen Behörden hätten sich dafür entschuldigt, dass sie die Stadtbewohner nicht ausreichend über die Drehpläne des Filmteams informiert hatten, und die Verwirrung und Verärgerung der Öffentlichkeit sei bald massenhaftem Selfie-Machen gewichen.

Der Artikel endete mit dem Ergebnis einer von der Zeitung durchgeführten Online-Befragung: Waren die Einwohner zu Recht über die Flagge verärgert: Ja oder Nein?

Fast viertausend Leser hatten abgestimmt. Siebzig Prozent sagten nein.

Es war ein typischer warmer Freitag Ende September 1943 in Nizza, in Südfrankreich. Hannah Gluck, die zweiundzwanzig Jahre alt war (und in deren Ausweis nicht ihr richtiger Name stand, sondern der Name Adrienne Albert), saß auf der Ladefläche eines Lastwagens. Bis jetzt hatten sie neun abgeholt, alles Frauen, von denen Hannah keine einzige kannte. Sie und die Frau ihr gegenüber wechselten Blicke. Die Frau senkte die Augen, hob sie wieder und wechselte abermals diesen Blick mit Hannah. Dann senkten beide die Augen und blickten auf den Metallboden des Lastwagens.

Begleitfahrzeuge gab es keine. Es waren insgesamt ein Fahrer plus ein Wachmann und ein Offizier, noch ziemlich jung, im Führerhaus und zwei weitere Männer, noch jünger, auf der Ladefläche. Der Lastwagen war halb offen, halb mit einer Plane überdacht. Die Leute auf den Straßen sahen ihre Köpfe und die Wachmänner, wenn sie vorüberfuhren. Beim Aufsteigen hatte Hannah den Offizier zu einem der Männer hinten sagen hören: Kein Aufsehen.

Doch die Leute auf der Straße waren blind oder stellten sich blind. Sie schauten und schauten weg. Sie schauten. Schauten aber nicht hin.

Die Straßen waren hell und prachtvoll. Die Sonne warf ein schockierend schönes Licht von den Gebäuden in den Lastwagen hinein.

Als sie in einer Seitenstraße anhielten, um zwei weitere Frauen aufzunehmen, traf Hannahs Blick abermals den der Frau gegenüber. Die Frau bewegte kaum sichtbar zustimmend den Kopf.

Der Lastwagen blieb mit einem Ruck stehen. Ein Verkehrsstau. Sie hatten die ungünstigste Route gewählt. Gut, und ihr Geruchssinn sagte ihr, der Freitagsfischmarkt, belebt.

Hannah stand auf.

Der eine Wachmann sagte, sie solle sich wieder hinsetzen.

Die Frau gegenüber stand auf. Eine nach der anderen taten die Frauen auf der Ladefläche es ihnen nach und standen auf. Der Wachmann schrie, sie sollten sich hinsetzen. Beide Wachmänner schrien. Einer schwenkte in der Luft seine Waffe vor ihnen.

Die Stadt ist das noch nicht gewöhnt, dachte Hannah.

Aus dem Weg, sagte die Frau, die Hannah zugenickt hatte, zu den Männern. Ihr könnt uns nicht alle töten.

Wohin bringt ihr sie?

Eine Frau war zu dem Lastwagen gekommen und sah herein. Eine kleine Traube von Frauen, elegante Damen, junge Fischverkäuferinnen mit Kopftuch und ältere, versammelte sich hinter ihr.

Nun stieg der Offizier aus dem Führerhaus aus und stieß die Frau, die gefragt hatte, wohin man sie brachte, ins Gesicht. Sie fiel hin und schlug mit dem Kopf an einen Steinpoller. Ihr eleganter Hut fiel herunter.

Die Frauen in der kleinen Gruppe am Straßenrand rückten näher zusammen. Ihre Stille war hörbar. Sie zog wie ein Schatten, wie am Himmel aufziehende Wolken über den Markt hinter ihnen.

Es war eine Stille, dachte Hannah, wie sie bei einer Sonnenfinsternis über die Tierwelt kommt, der Gesang der Vögel verstummt, weil eine Nacht anbricht, obwohl es mitten am Tag ist.

Entschuldigen Sie bitte, sagte Hannah. Ich muss hier aussteigen.

Die Frauen auf der Ladefläche rückten zur Seite, ließen sie durch, ließen sie als Erste gehen.

Es war ein anderer Freitag in den Oktoberferien 1995. Elisabeth war elf Jahre alt.

Mr Gluck von nebenan passt heute auf dich auf, sagte ihre Mutter. Ich muss noch einmal nach London.

Daniel braucht nicht auf mich aufzupassen, sagte Elisabeth.

Du bist elf, sagte ihre Mutter. Du hast hier kein Mitspracherecht. Und nenn ihn nicht Daniel. Sei höflich und sag Mr Gluck.

Was weißt du denn über Höflichkeit?

Ihre Mutter sah sie scharf an und sagte wieder mal, dass sie wie ihr Vater war.

Gut, sagte Elisabeth. Denn ich möchte bestimmt nicht mal so werden wie du.

Sie schloss hinter ihrer Mutter die Haustür ab. Die Tür nach hinten raus schloss sie auch ab. Sie zog die Vorhänge im Wohnzimmer zu, setzte sich und ließ brennende Streichhölzer auf das Sofa fallen, testete, ob die neue dreiteilige Couchgarnitur tatsächlich unentflammbar war.

Durch einen Spalt in den Vorhängen sah sie Daniel zur Haustür kommen. Machte auf, obwohl sie sich vorgenommen hatte, es nicht zu tun.

Hallo, sagte er. Was liest du gerade?

Elisabeth zeigte ihre leeren Hände vor.

Sieht es so aus, als würde ich irgendwas lesen?

Irgendetwas solltest du immer lesen, sagte er. Auch wenn du kein Buch in der Hand hast. Wie sollen wir die Welt sonst ergründen? Du musst es dir als Konstante vorstellen.

Eine konstante was?

Eine Dauerkonstante, sagte Daniel.

Sie brachen zu einem Spaziergang am Ufer des Kanals auf. Daniel sagte jedes Mal guten Tag, wenn sie an jemandem vorüberkamen. Manchmal antworteten die Leute sogar. Manchmal nicht.

Es ist eigentlich nicht in Ordnung, mit Fremden zu reden, sagte Elisabeth.

Doch, wenn du einmal so alt bist wie ich, schon, sagte Daniel. Für jemanden in deinem Alter ist es nicht in Ordnung.

Ich hab es satt, in meinem Alter zu sein und kein Mitspracherecht zu haben.

Mach dir nichts draus, sagte Daniel. Das geht in null Komma nichts vorbei. Jetzt sag, was liest du?

Das letzte Buch, das ich gelesen habe, hieß Jill's Gymkhana, sagte Elisabeth.

Ah. Und was hast du dir daraus für dich mitgenommen?

Meinen Sie, worum es darin ging?

Wenn du willst, sagte Daniel.

Es ging um ein Mädchen, dessen Vater gestorben ist, informierte Elisabeth ihn.

Komisch, sagte Daniel. Es klang, als ginge es darin mehr um Pferde.

Da steht jede Menge Zeug über Pferde drin, klar, sagte Elisabeth. Der Vater, der stirbt, kommt in dem Buch nicht mal vor. Den gibt es gar nicht mehr. Dass er nicht mehr da ist, ist allerdings der Grund, weswegen sie umziehen müssen. Ihre Mutter muss jetzt arbeiten, und die Tochter beginnt sich für Pferde zu interessieren, und eine Gymkhana kommt auch drin vor und so weiter.

Dein Vater ist aber nicht tot, oder?, sagte Daniel.

Nein. Er wohnt in Leeds.

Das Wort Gymkhana, sagte Daniel, ist wunderbar, ein Wort, das ein Gewächs aus mehreren Sprachen ist.

Wörter sind keine Gewächse, sagte Elisabeth.

O doch.

Wörter sind keine Pflanzen.

Wörter sind ihrerseits Organismen, sagte Daniel.

Oregano-ismen, sagte Elisabeth.

Herbal und verbal, sagte Daniel. Sprache ist wie Mohnblumen. Sie nimmt etwas und wühlt die Erde drum herum auf, und schon kommen schlafende Wörter zum Vorschein und werden, leuchtend rot und frisch, überallhin verweht. Dann schütteln sich die Fruchtstände, die Samen fallen heraus, und überall entsteht Sprache, die darauf wartet, zum Vorschein zu kommen.

Kann ich Sie etwas fragen, was überhaupt nichts mit mir oder meinem Leben zu tun hat und auch überhaupt nichts mit meiner Mutter und ihrem Leben?, sagte Elisabeth.

Du kannst mich alles fragen, was du willst, sagte Daniel. Ich kann dir aber keine Antwort versprechen, wenn ich keine weiß, die gut genug ist.

Meinetwegen, sagte Elisabeth. Sind Sie schon mal mit irgendwem in ein Hotel gegangen und haben gleichzeitig einem Kind, für das Sie verantwortlich sein sollten, vorgespielt, Sie würden etwas anderes machen?

Ah, sagte Daniel. Bevor ich darauf antworte, muss ich wissen, ob sich in deiner Frage unausgesprochen ein moralisches Urteil verbirgt.

Wenn Sie die Frage nicht beantworten wollen, Mr Gluck, sollten Sie es einfach sagen, sagte Elisabeth.

Daniel lachte. Dann hörte er damit auf.

Also, es hängt davon ab, wonach du eigentlich fragst, sagte er schließlich. Geht es dir um die Handlung, das heißt um das Hotel, in das gegangen wird? Oder um die Leute, die ins Hotel gehen oder nicht gehen? Oder geht es dir um das Vorspielen? Oder darum, einem Kind etwas vorzuspielen?

Ja, sagte Elisabeth.

Kann es dann sein, dass du mich persönlich fragst, sagte Daniel, von mir wissen willst, ob ich schon mal mit jemandem in ein Hotel gegangen bin? Und in dem Zusammenhang jemandem vorgespielt habe, dass ich nicht das tue, was ich getan habe? Oder fragst du, ob es wichtig ist, dass der, dem ich etwas vorgespielt habe oder eben nicht, ein Kind war und kein Erwachsener? Oder ist es eine noch allgemeinere Frage, und du willst wissen, ob es falsch ist, einem Kind etwas vorzuspielen?

Alles zusammen, sagte Elisabeth.

Du bist ein sehr aufgeweckter junger Mensch, sagte Daniel.

Ich habe vor, ans College zu gehen, wenn ich mit der Schule fertig bin, sagte Elisabeth. Wenn ich es mir leisten kann.

Ach, du willst doch nicht ans College, sagte Daniel.

Doch, sagte Elisabeth. Meine Mutter war in meiner Familie die Erste, die da war, und ich werde die Nächste.

Du meinst Collage, sagte Daniel.

Ich will ans College gehen, sagte Elisabeth, und Bildung und Fähigkeiten erwerben, damit ich einen guten Job finde und gutes Geld verdiene.

Ja, schon, aber was willst du denn studieren?

Das weiß ich noch nicht, sagte Elisabeth.

Geisteswissenschaften? Jura? Tourismus? Zoologie? Politikwissenschaften? Geschichte? Kunst? Mathematik? Philosophie? Musik? Sprachen? Altphilologie? Ingenieurswesen? Architektur? Wirtschaft? Medizin? Psychologie?

Alles zusammen, sagte Elisabeth.

Und deswegen ist Collage genau das Richtige für dich.

Sie verwenden das falsche Wort, Mr Gluck, sagte Elisabeth. Ihr Wort nimmt man, wenn man irgendwo Bilder oder bunte Formen ausschneidet und auf Papier klebt.

Ich erhebe Einspruch, sagte Daniel. Collage ist eine Bildungseinrichtung, in der man alle Regeln über den Haufen werfen kann und in der Maße, Raum und Zeit, Vordergrund und Hintergrund relativ werden. Und durch diese Fähigkeit wird alles, was man zu kennen glaubt, in etwas Neues und Fremdartiges verwandelt.

Gehört das noch zu Ihrer Vermeidungsstrategie wegen der Frage nach dem Hotel?, sagte Elisabeth.

Ehrliche Antwort?, sagte Daniel. Ja. Welches Spiel möchtest du lieber spielen? Du darfst dir eins von zweien aussuchen. Eins: Jedes Bild erzählt eine Geschichte. Zwei: Jede Geschichte malt ein Bild.

Was soll das bedeuten, jede Geschichte malt ein Bild?

Heute bedeutet es, ich beschreibe dir eine Collage, sagte Daniel, und du kannst mir sagen, was du davon hältst.

Ohne sie zu sehen?, sagte Elisabeth.

In der Vorstellung schon, was dich betrifft, sagte er. Und in der Erinnerung, was mich betrifft.

Sie setzten sich auf eine Bank. Zwei Kinder angelten ein Stückchen entfernt von den Steinen. Ihr Hund stand auch da und schüttelte sich das Kanalwasser aus dem Fell. Die Jungs lachten kreischend, als das Wasser fächerförmig von dem Hund aufflog und sie traf.

Bild oder Geschichte?, sagte Daniel. Such dir eins aus.

Bild, sagte sie.

Okay, sagte Daniel. Schließ die Augen. Sind sie zu?

Ja, sagte Elisabeth.

Der Hintergrund ist ein tiefes Dunkelblau, sagte Daniel. Ein Blau, noch viel dunkler als der Himmel. In der Bildmitte ist auf dem dunklen Blau eine Fläche aus hellem Papier, die wie ein runder Vollmond aussieht. Auf dem Mond und größer als er steht in Schwarzweiß eine Frau im Badeanzug, die aus einer Zeitung oder einem Modejournal ausgeschnitten ist. Und neben ihr, als lehnte die Frau sich dagegen, ist eine riesige Menschenhand. Und die riesige Hand hält eine winzige Hand, eine Babyhand. Genauer gesagt, die Babyhand hält auch die große Hand, hält sie am Daumen. Und unter dem Ganzen ist das stilisierte Bild eines Frauengesichts, und zwar mehrmals dasselbe, aber immer mit einer über die Nase hängenden Haarlocke in anderer Farbe –

Wie Farbmuster beim Friseur?, sagte Elisabeth.

Du hast's erfasst, sagte Daniel.

Elisabeth öffnete die Augen. Daniel hatte seine geschlossen. Sie machte ihre wieder zu.

Und weit davon entfernt, in dem Blau unten im Bild, ist die Zeichnung eines Schiffs mit gehissten Segeln, aber das ist klein, es ist das Kleinste in der ganzen Collage.

Okay, sagte Elisabeth.

Außerdem ist noch feines rosa Spitzenmaterial auf dem Bild, womit ich Stoff meine, echte Spitze, sie klebt oben an mehreren Stellen dicht unter dem Rand und weiter unten, mehr zur Mitte zu, ebenfalls. Das war's. An mehr erinnere ich mich nicht.

Elisabeth öffnete die Augen. Kurz darauf öffnete Daniel seine ebenfalls.

Später, am Abend, als sie zu Hause war und auf der Couch vorm Fernseher einschlief, würde Elisabeth daran denken, wie seine Augen aufgegangen waren und dass das war wie der Moment, in dem man zufällig hinsieht, wenn die Straßenlaternen angehen, und sich fühlt, als sei man beschenkt oder bedrückt oder in dem Moment persönlich auserwählt worden.

Was sagst du dazu?, sagte Daniel.

Mir gefällt das Rosa zusammen mit Blau, sagte Elisabeth.

Rosa Spitze. Dunkelblaues Pigment, sagte Daniel.

Mir gefällt, dass man das Rosa vielleicht sogar anfassen kann, ich meine, wenn es aus Spitze ist, und dass es sich anders anfühlen würde als das Blau.

Oh, das ist gut, sagte Daniel. Das ist sehr gut.

Mir gefällt, dass die kleine Hand die große genauso hält, wie die große Hand die kleine hält, sagte Elisabeth.

Mir gefällt heute vor allem das Schiff, sagte Daniel. Die Galeone mit den gehissten Segeln. Falls mich meine Erinnerung nicht trügt und sie überhaupt da ist.

Heißt das, das Bild gibt es? Sie haben es sich nicht ausgedacht?

Das Bild gibt es, sagte Daniel. Nun ja, gab. Eine Freundin von mir hat es gemacht. Eine Künstlerin. Ich hole es aber aus dem Gedächtnis hervor. Was macht deine Phantasie damit?

Genauso, als würde ich Drogen nehmen, sagte Elisabeth.

Daniel blieb auf dem Weg am Kanal stehen.

Du hast noch nie Drogen genommen, sagte er. Oder doch?

Nein, aber wenn ich welche nehmen würde und alles auf einmal in meinem Kopf wäre, alles Mögliche durcheinander, dann wäre es ein bisschen so, sagte Elisabeth.

Du lieber Gott, du wirst deiner Mutter erzählen, du hast den ganzen Nachmittag Drogen genommen.

Können wir es uns ansehen?, sagte Elisabeth.

Was ansehen?

Die Collage.

Daniel schüttelte den Kopf.

Ich weiß nicht, wo es abgeblieben ist, sagte er. Es ist vielleicht längst weg. Wer weiß, wo auf der Welt diese Bilder heute herumschwirren.

Wo haben Sie es zum ersten Mal gesehen?, sagte Elisabeth.

Das war Anfang der sechziger Jahre, sagte Daniel.

Er sagte es, als könnte eine Zeit ein Ort sein.

Ich war an dem Tag da, an dem sie es gemacht hat, sagte er.

Wer?, sagte Elisabeth.

Die Wimbledon-Bardot, sagte Daniel.

Wer ist das?, sagte Elisabeth.

Daniel sah auf die Uhr.

Los, komm, Kunststudentin, sagte er, kleine Sehjungfrau. Zeit, zu gehen.

Die Zeit vergeht im Fluge, sagte Elisabeth.

O ja, das kann sie, sagte Daniel. Buchstäblich, schau.

An viel vom Obigen erinnert sich Elisabeth nicht mehr.

Sie erinnert sich allerdings noch an den Tag, als sie am Kanalufer spazieren gingen, sie war noch klein, und Daniel seine Armbanduhr abnahm und ins Wasser warf.

Sie erinnert sich an den Kick, an die absolute Ungehörigkeit.

Sie weiß noch, unten auf den Steinen waren zwei Jungs, die die Köpfe drehten, als die Uhr in hohem Bogen über sie hinwegsegelte und auf den Kanal traf, und sie weiß noch, dass sie wusste, was durch die Luft flog, eine Uhr, Daniels Uhr, nicht bloß ein oller Stein oder irgendwelcher Abfall. Und sie wusste auch, dass die Jungs davon keine Ahnung haben konnten und dass nur sie und Daniel die Ungeheuerlichkeit seiner Tat ermessen konnten.

Sie weiß noch, dass er ihr die Entscheidung überlassen hatte: *werfen oder nicht werfen*.

Sie entschied sich für *werfen*.

Sie weiß noch, dass sie ihrer Mutter beim Heimkommen etwas Erstaunliches zu erzählen hatte.

Hier noch etwas aus einer anderen Zeit, Elisabeth war da gerade dreizehn, woran sie sich auch bloß noch bruchstückhaft erinnert.

Und überhaupt, warum solltest du sonst ständig bei einem schwulen alten Mann herumhocken?

(Das war ihre Mutter.)

Ich *habe* keine Vaterfixierung, sagte Elisabeth. Und Daniel ist nicht schwul. Er ist Europäer.

Du sollst Mr Gluck zu ihm sagen, sagte ihre Mutter. Woher willst du wissen, dass er nicht schwul ist? Und falls das stimmt und er nicht schwul ist, was will er dann mit dir?

Aber falls er es doch ist, sagte Elisabeth, ist er nicht *nur* schwul. Er ist nicht *nur* das eine oder das andere. Das ist niemand. Nicht mal du.

Ihre Mutter war im Moment superempfindlich und supernervig. Das hatte damit zu tun, dass Elisabeth dreizehn war und nicht zwölf. Aus welchem Grund auch immer, es war jedenfalls superätzend.

Sei nicht frech, sagte ihre Mutter. Und du bist einfach

dreizehn. Du musst ein bisschen vorsichtig sein bei älteren Männern, die sich mit dreizehnjährigen Mädchen abgeben wollen.

Er ist mein Freund, sagte Elisabeth.

Er ist fünfundachtzig. Wie kann ein Fünfundachtzigjähriger dein Freund sein? Warum kannst du nicht normale Freunde haben wie normale Dreizehnjährige?

Das hängt von deiner Definition von normal ab, sagte Elisabeth. Die ist anders als meine Definition von normal. Wir leben nämlich alle unter bestimmten Umständen, und meine sind momentan nicht dieselben wie deine und werden es, vermute ich, auch nie sein.

Wo lernst du, so daherzureden?, sagte ihre Mutter. Macht ihr das auf euren Spaziergängen?

Wir gehen nur spazieren, sagte Elisabeth. Wir unterhalten uns nur.

Worüber?

Über nichts.

Über mich?, sagte ihre Mutter.

Nein!

Worüber dann?

Alle möglichen Sachen, sagte Elisabeth.

Was für Sachen?

Sachen eben, sagte Elisabeth. Er erzählt mir von Büchern und so.

Büchern, sagte ihre Mutter.

Büchern. Songs, Dichtern, sagte Elisabeth. Er kennt sich mit Keats aus. Du Zeit voll Dunst. Das trübe Opiat geöffnet.

Er hat was geöffnet?, sagte ihre Mutter.

Daniel kennt sich auch mit Dylan aus, sagte Elisabeth.

Bob Dylan?

Nein, dem anderen Dylan, sagte Elisabeth. Er kann ihn auswendig. Aber den Sänger Bob Dylan hat er mal kennengelernt, als der bei seiner Freundin übernachtet hat.

Er hat dir weisgemacht, er wäre mit Bob Dylan befreundet?, sagte ihre Mutter.

Nein. Den hat er bloß mal kennengelernt. Das war im Winter. Dylan hat bei einer Freundin auf dem Fußboden geschlafen.

Bob Dylan? Auf dem *Fußboden*?, sagte ihre Mutter Das kann ich mir nicht vorstellen. Bob Dylan war immer ein großer internationaler Star.

Und er kennt sich mit der einen Dichterin aus, die dir gefällt und die sich umgebracht hat, sagte Elisabeth.

Mit Plath? Und Suizid?

Du blickst so was von nicht durch, sagte Elisabeth.

Wo genau blicke ich nicht durch bei einem alten Mann, der meiner dreizehnjährigen Tochter Flausen über Suizid in den Kopf setzt und ihr lauter Lügen über Bob Dylan auftischt?, sagte ihre Mutter.

Und außerdem, sagt Daniel, spielt es keine Rolle, wie sie starb, solange man ihre Gedichte noch sprechen oder lesen kann. Wie die Zeile über das Grämen, das vorbei ist, oder die über die Töchter der Finsternis, die noch brennen wie Guy Fawkes, sagte Elisabeth.

Das klingt nicht wie Plath, sagte ihre Mutter. Nein, ich bin mir fast absolut sicher, dass mir diese Zeile in allem, was ich von Plath gelesen habe, nie begegnet ist, und ich habe alles gelesen.

Die ist von Dylan. Genau wie die Zeile über die Liebe, die ein Immergrün ist, sagte Elisabeth.

Was erzählt Mr Gluck dir denn noch über Liebe?, sagte ihre Mutter.

Gar nichts. Er erzählt mir von Gemälden, sagte Elisabeth. Von Bildern.

Er zeigt dir Bilder?, sagte ihre Mutter.

Von einer Tennisspielerin, die er gekannt hat, sagte Elisabeth. Und weil man nicht irgendwo hingehen und sich die Bilder ansehen kann, beschreibt er sie mir.

Warum kann man sich die nicht ansehen?

Es geht eben nicht.

Private Bilder?, sagte ihre Mutter.

Nein, sagte Elisabeth. Die sind, er kennt sie eben.

Von Tennisspielerinnen?, sagte ihre Mutter. Tennisspielerinnen, die was tun?

Nein!, sagte Elisabeth.

O Gott, sagte ihre Mutter. Was habe ich getan?

Daniel jahrelang als meinen inoffiziellen Babysitter benutzt, das hast du getan, sagte Elisabeth.

Ich hab es dir schon gesagt, du sollst *Mr Gluck* sagen. Und ich habe ihn nicht benutzt. Das ist nicht wahr. Und ich will wissen, und zwar sehr genau, Bilder wovon?

Elisabeth seufzte gereizt.

Ich weiß nicht, sagte sie. Von Leuten, von Sachen.

Was tun die Leute auf diesen Bildern?, sagte ihre Mutter.

Elisabeth seufzte noch einmal. Schloss die Augen.

Mach auf der Stelle die Augen auf, Elisabeth, sagte ihre Mutter.

Ich muss die Augen zumachen, sonst sehe ich nichts, sagte Elisabeth. Okay? Richtig. Marilyn Monroe, umgeben von Rosen, und dann sind außerdem noch leuchtende rosa und grüne und graue Wellen darumgemalt. Nur dass es kein Bild direkt von der echten Marilyn ist, sondern das Bild eines Bilds von ihr. Das muss man dazu unbedingt wissen.

Ach, tatsächlich?, sagte ihre Mutter.

So, wie wenn ich dich fotografieren und dann ein Bild des Fotos malen würde, nicht von dir. Die Rosen sehen ein bisschen aus wie geblümte Tapete und nicht wie richtige Rosen. Sie kommen aber auch aus der Tapete heraus und ringeln sich um ihr Schlüsselbein, als würden sie sie umarmen.

Umarmen, sagte ihre Mutter. Verstehe.

Und irgendein Franzose, jemand, der früher in Frankreich berühmt war, ein Mann, er hat einen Hut auf und eine Sonnenbrille, und das Obere des Huts ist ein Haufen Blütenblätter wie eine riesige rote Blume, und er ist grau und schwarz und weiß wie ein Bild in der Zeitung, und hinter ihm ist alles leuchtend orange wie ein Getreidefeld oder wie goldenes Gras, und über ihm ist eine Reihe aus Herzen drauf.

Ihre Mutter hatte am Küchentisch jetzt ebenfalls die Hände vor die Augen geschlagen.

Erzähl weiter, sagte sie.

Elisabeth machte die Augen wieder zu.

Eins mit einer Frau, die ist nicht berühmt, bloß irgendeine Frau, sie lacht und reckt vor einem blauen Himmel die Arme in die Höhe, und hinter ihr sind unten am Rand von dem Bild noch Alpen, aber sehr kleine, und viele farbige Zickzacks. Die Frau hat aber keinen Körper und keine Sachen an, ihr Inneres besteht aus Bildern, auf denen andere Sachen zu sehen sind.

Er hat dir vom Körper einer Frau erzählt, vom Inneren einer Frau, sagte ihre Mutter.

Nein, sagte Elisabeth. Er hat mir von einer Frau erzählt, deren Körper aus Bildern besteht, innen. Das ist doch nicht schwer zu verstehen.

Aus was für Bildern? Bildern wovon?, sagte ihre Mutter.

Verschiedenem. Von Sachen, die auf der Welt vorkommen, sagte Elisabeth. Einer Sonnenblume. Einem Mann mit einem Maschinengewehr wie aus einem Gangsterfilm. Einer Fabrik. Einem Politiker, der aussieht wie ein Russe. Einer Eule, einem explodierenden Luftschiff –

Und so was denkt Mr Gluck sich aus und steckt es in den Körper einer Frau?, sagte ihre Mutter.

Nein, die Bilder sind echt, sagte Elisabeth. Eins heißt It's a Man's World. Da ist ein prächtiges Haus drauf und die Beatles und Elvis Presley, und auf dem Rücksitz eines Autos wird ein Präsident erschossen.

Das war der Moment, in dem ihre Mutter echt laut losschrie.

Deshalb ließ Elisabeth die Collage mit den Kinderköpfen weg, die mit der riesigen Gartenschere abgeschnitten werden, und die mit der klobigen Hand, die aus dem Dach der Albert Hall herauskommt.

Sie erwähnte auch das Bild mit der Frau nicht, die ohne was an auf einem umgedrehten Stuhl sitzt und eine Regierung zu Fall brachte, das mit dem vielen Rot und den schwarzen Schmierflecken darin, die, sagt Daniel, wie *radioaktiver Niederschlag* aussehen.

Trotzdem, sagte ihre Mutter zum Schluss

(und das weiß Elisabeth fast zwei Jahrzehnte später von der Unterhaltung noch wortwörtlich):

Unnatürlich.

Ungesund.

Das ist nichts für dich.

Ich verbiete es.

Basta!

Eben war es noch Juni. Jetzt ist Septemberwetter. Das Getreide steht hoch, erntereif, leuchtet goldgelb.

November? Unvorstellbar. Nur noch ein Monat bis dahin.

Die Tage sind noch warm, die Luft in den Schatten schärfer. Abends wird es früher dunkel und kühler, das Licht wird jedes Mal weniger.

Um halb acht dunkel. Um Viertel nach sieben dunkel, um sieben dunkel.

Das Grün an den Bäumen ist seit August matter, eigentlich schon seit Juli.

Blumen aber blühen immer noch auf. In den Hecken summt es nach wie vor. Im Schuppen sind schon viele Äpfel, und der Baum hängt immer noch voll davon.

Die Vögel sitzen auf den Stromleitungen.

Die Mauersegler sind schon vor Wochen fortgezogen. Sie sind inzwischen Hunderte von Meilen entfernt, irgendwo über dem Ozean.

Zwei

Und nun? Der alte Mann (Daniel) stellt beim Öffnen der Augen fest, dass er die Augen nicht aufmachen kann.

Er ist offenbar in etwas so Bemerkenswertem eingeschlossen wie dem Stamm einer Kiefer.

Zumindest riecht es wie Kiefer.

Genau sagen kann er es nicht. Er kann sich nicht rühren. In einem Baum ist der Bewegungsspielraum begrenzt. Sein Mund und seine Augen sind von Harz verklebt.

Man kann aber, ehrlich gesagt, schlechtere Geschmäcker im Mund haben, und die Stämme der schottischen Waldkiefern sind eher schmal. Gerade und hoch, denn das ist die Baumsorte, die sich gut für Telegraphenmasten eignet und für die Stützen, die Grubenbauer in den Tagen verwendeten, als die Wirtschaft auf Männer angewiesen war, die in Gruben arbeiteten, und man in den Gruben Stützpfeiler brauchte, die die Stollen über den Köpfen sicher trugen.

Wenn du schon unter die Erde musst, geh in Form von etwas Nützlichem. Wenn du schon gefällt werden musst, ist es gut, im Leben nach dem Tode Menschen querfeldein miteinander zu verbinden. Kiefern sind hoch. Das ist wesentlich besser, als in eine Zwergkonifere gezwängt zu sein.

Vom Wipfel einer Kiefer sieht man ziemlich weit.

Daniel in dem Bett in der Kiefer verfällt nicht in Panik, hat nicht einmal Platzangst. Es ist ganz annehmbar hier drin, wenn man das Lahmgelegtsein ausnimmt. Vielleicht bleibt es ja nicht so. Wollen wir's hoffen. Nein, im Grunde ist er froh, dass er nicht reglos in irgendeinem ollen Allerweltsbaum liegt, sondern in einer so anpassungsfähigen und edlen Spezies, in einem altehrwürdigen Baum, der viel älter ist als die belaubten Sorten. Flexibel, wie sie ist, benötigt die schottische Kiefer nicht viel Bodentiefe, ist bemerkenswert langlebig, ein Baum, der es auf viele Jahrhunderte bringen kann. Das Allerbeste daran, ausgerechnet in so einer Kiefer zu stecken, ist die Tatsache, dass sie auch in puncto Farbe flexibler ist als ein üblicher Allerweltsbaum. Das Grün eines schottischen Kiefernwalds kann ins Blau changieren. Und im Frühling ist da Pollen, so gelb wie leuchtendes Farbpigment im Glas eines Künstlers und so üppig und dominant wie der dicke Rauch rings um einen Zaubertrick. Wenn die einen die anderen früher, zu Urzeiten, glauben machen wollten, sie verfügten über besondere Kräfte, warfen sie solchen Pollen um sich in die Luft. Sie gingen in die Wälder, sammelten ihn ein und verwendeten ihn bei ihren Vorführungen.

Nun könnte man meinen, es wäre unangenehm, in einem Baum eingeschlossen zu sein. Man könnte meinen, ach, seufz. Doch der Duft mildert die Verzweiflung. Es ist vielleicht ein bisschen, als trüge man eine Rüstung, nur viel schöner, denn diese Rüstung besteht aus einem Stoff, durch den die Jahre selbst prägend hindurchgegangen sind.

Oh.

Ein Mädchen.

Wer ist das?

Sie hat entfernt Ähnlichkeit mit den Fotos in den Zeitungen damals, den Fotos von,

wie hieß sie noch,

Keeler. Christine.

Ja. Sie ist es.

Mit dem Namen weiß vermutlich niemand mehr etwas anzufangen. Was damals Geschichte war, ist heute vermutlich nicht mehr als eine Fußnote, und bei dem Wort fällt ihm auf, dass sie barfuß ist, allein in dem Sommernachtlicht in der Halle des prächtigen großen Hauses, desselben (Geschichte, Fußnote), wie er zufällig weiß, in dem zum ersten Mal das Lied Rule Britannia gesungen wurde. Sie steht neben einer mit Gobelins geschmückten Wand und schlüpft aus ihrem Sommerkleid.

Es fällt zu Boden. Seine sämtlichen Kiefernzapfen recken sich in die Höhe. Er stöhnt. Sie hört keinen Mucks.

Sie hebt die Rüstung von ihrem Podest und legt sie stückweise aufs Parkett. Hebt sich die Brustplatte vor ihre (ziemlich umwerfende, es ist die reine Wahrheit) Brust. Schiebt die Arme durch die Armlöcher. Die Stelle, an der sie, ah, unten ihre Wäsche trägt, hat keinen Metallschutz. Sie greift mit der Hand nach unten zu dem Spalt, der da im Metall offen ist, als hätte sie gerade begriffen, dass sie sich bei voller Panzerung durch diesen Spalt entblößt.

Sie windet sich aus dem letzten Wäschestück.

Es fällt zu Boden.

Er stöhnt.

Sie steigt heraus, lässt es auf dem Teppichläufer liegen. Da liegt es. Es sieht aus wie ein Häufchen Amsel.

Sie befestigt ein Beinstück an ihrem Schenkel, dann das nächste. Zieht Luft durch die Zähne und flucht – scharfe Kante an der Innenseite des zweiten Beinstücks vielleicht? Sie schnallt die Beinstücke an der Rückseite ihrer Schenkel fest und schiebt einen bloßen Fuß in den ersten massigen Stiefel. Schiebt die Arme in die metallenen Armstücke, hebt den Helm auf und zieht ihn sich übers Haar. Durch die Schlitze in der Vorderseite hält sie Ausschau nach den Stulpenhandschuhen. Den ersten an. Jetzt den zweiten.

Mit der Metallhand schiebt sie das Visier nach oben, und ihre Augen schauen heraus.

Sie stellt sich vor den großen alten Spiegel, der an der Wand hängt. Blechern dringt ihr Lachen unter dem Helm hervor. Mit dem Rand des Stulpenhandschuhs klappt sie das Visier wieder herunter. Zu sehen ist von ihr nur noch ihr Geschlecht.

Dann geht sie los, aber behutsam, damit die locker angeschnallten Teile nicht herunterfallen. Schreitet klirrend durch den Korridor, als wäre eine Rüstung nicht annähernd so schwer, wie sie aussieht.

An einer Tür angekommen, stößt sie sie auf und verschwindet.

In dem Raum, den sie eben betreten hat, bricht dröhnendes Gelächter aus.

Kann Lachen gut betucht sein?

Unterscheidet sich das Lachen Mächtiger von dem gewöhnlicher Sterblicher?

Diese Art Lachen ist immer mächtig.

Könnte man einen Song draus machen.

Die Ballade von Christine Keeler.

Betucht. Verrucht. Verflucht. Durchsucht. Keeler. Dealer. Spieler. Subtiler. Da fiel er. Mrs Peeler.

O nein, Mrs Peel. Das erfundene Geschöpf der Mrs Peel kam später, ein paar Jahre nach diesem Geschöpf.

Denkbar allerdings, dass das Peel der Mrs dem Keel von Keeler nachempfunden ist, zumindest teilweise, eine kleine Aufmerksamkeit für den, der Augen hat zu sehen und Ohren zu hören.

Im Moment ist er zwischen den vielen Leuten auf der Zuschauertribüne so eingezwängt, dass – wohin jetzt?

Ein Gerichtssaal.

Im Old Bailey.

In dem bewussten Sommer.

Dass Keeler die Rüstung anprobiert, hat er sich nur ausgedacht. Er hat es geträumt, auch wenn es angeblich wirklich passiert sein soll.

Das Nachfolgende jedoch, unmittelbar bevorstehend, hat er miterlebt.

Erster Akt, Keeler versus Ward, ihren Freund Stephen Ward, den Osteopathen, den Porträtisten. Auch ohne Rüstung ist sie hier gerüstet, kalt wie Hundeschnauze. Unnahbar. Maskiert mit perfektem Make-up. Leblos mit einem Hauch von Exotik.

Sie versetzt den Saal in Trance, indem sie spricht, wie jemand sprechen würde, der in Trance ist. Clever. Nüchtern. Roboterhaft und sexy. Ein lebendiges Püppchen. Sensationell, die Zuschauer auf den Rängen erleben eine Peepshow. Niemand kann an etwas anderes denken, ausgenommen ihr Freund Stephen, unten ganz vorn, der jeden Tag den Bleistift zückt und zeichnet, was er sieht.

Derweil vergehen Tage.

Unten im Zeugenstand jetzt jemand anders, eine Frau, eine andere, eine Miss Ricardo, ehrlich gesagt noch mehr Unterschicht als die arme Keeler, jung, frisch frisiert, schon etwas ramponiert, auf dem Kopf ein hoher roter Haarturm, Tänzerin, *ich verdiene Geld damit, dass ich Männer besuche und von ihnen bezahlt werde.*

Sie hat dem Gericht gerade mitgeteilt, dass ihre zuerst gegenüber der Polizei gemachten Angaben zu diesem Fall unwahr waren.

Die Menge auf der Galerie drängt noch stärker nach vorn. Skandal und Lügen. Was Prostituierte tun. Daniel sieht jedoch, wie die Frau, ein junges Mädchen im Grunde, sich nur mit Mühe aufrecht halten kann. Er sieht ihr die Angst am bleich gewordenen Gesicht an, am ganzen Auftreten.

Rotes Haar.

Grün hinter den Ohren.

Ich wollte nicht, dass meine kleine Schwester ins Jugendgefängnis kommt, sagt das Mädchen. Dass man mir mein Kind wegnimmt. Der Chief Inspector hat gesagt, man würde mir meine Schwester und mein Kind wegnehmen, wenn ich die Aussage nicht mache. Er hat mir auch damit gedroht, meinen Bruder einsperren zu lassen. Ich habe ihm geglaubt und die Aussage gemacht. Aber ich habe mir überlegt, dass ich im Old Bailey keine falsche Zeugenaussage machen will. Das hab ich so auch der Zeitung The People gesagt. Ich möchte, dass alle wissen, warum ich gelogen habe.

Du lieber Gott.

Sie ist wirklich total grün hinter den Ohren.

Der Anwalt der Anklage hat etwas von einem Hetzhund. Er macht sich über sie lustig. Fragt sie, warum in aller Welt sie eine Aussage unterschrieben habe, wenn sie doch wusste, dass diese Aussage falsch war.

Sie antwortet, sie habe gewollt, dass die Polizei sie in Ruhe lässt.

Der Anwalt der Anklage piesackt sie. Warum hat sie sich nicht früher darüber beschwert, warum erst jetzt?

Bei wem könnte ich mich denn beschweren?, sagt sie.

Dann hat sie also wissentlich gelogen, ja?

Ja, sagt sie.

Daniel auf der Zuschauertribüne sieht, wie sich kleine Schösslinge und Knospen auf der Hand der jungen Frau, die auf dem Geländer des Zeugenstands liegt, ausbreiten. Die Knospen platzen auf. Aus den Fingern sprießen Blätter.

Der Richter erteilt ihr den Rat, sich über Nacht genau zu überlegen, welche Version der Ereignisse sie dem Gericht morgen schildern will.

Ein Wimpernschlag.

Der nächste Tag.

Die junge Frau steht wieder im Zeugenstand. Heute ist sie fast völlig Bäumchen, nur ihr Gesicht und ihr Haar sind unbelaubt. Wie ein Mädchen im Mythos, dem ein Gott nachstellt, der seinen Willen mit ihr haben will, hat sie sich über Nacht erneuert, hat sich so verwandelt, dass mit ihr niemand mehr seinen Willen haben kann.

Dieselben Männer schreien sie wieder an. Sie nehmen ihr übel, weil sie in puncto Lügen nicht gelogen hat. Der Ankläger will wissen, warum sie die Geschichte über ihre Lüge einem Zeitungsreporter erzählt hat und nicht der Polizei. Er lässt durchblicken, dass das unanständig war und dass der Anstand verbietet, was eine unanständige Frau wie sie eben einfach *tut*.

Was hätte es denn für einen Sinn, sagt sie, wenn ich zu den Leuten gehe, die mir gesagt haben, ich soll lügen, und ihnen die Wahrheit sage?

Der Richter seufzt. Er wendet sich an die Geschworenen.

Streichen Sie diese Angabe aus Ihrem Gedächtnis, sagt er. Ich ordne an, dass Sie sie nicht berücksichtigen.

Auch daraus ließe sich ein Song machen, denkt Daniel, als die weiße Baumrinde nach oben wächst und Mund, Nase und Augen der jungen Frau bedeckt.

Die Ballade von der Weißbirke.

Weiß. Kreis. Geheiß. Fleiß. Birke. Bezirke. Kirke. Wirke.

Er selbst geht vom Gerichtssaal auf kürzestem Weg zum Haus der Frau, die er liebt.

(Er liebt sie. Kann vor sich selbst kaum ihren Namen aussprechen. Er liebt sie so sehr!

Sie liebt ihn nicht. Erst vor wenigen Wochen hat sie einen

anderen geheiratet. Den Namen ihres Mannes kann er problemlos aussprechen. Er heißt Clive.

Aber er ist doch eben Augenzeuge von etwas Wunderbarem gewesen, nicht?

Hat etwas gesehen, wodurch sich das Wesen der Dinge verändert.)

Er steht im Regen im Garten hinter dem Haus, es ist inzwischen dunkel, und sieht zu den Fenstern des Hauses hinauf. Seine Hände und Unterarme, das Gesicht, sein gutes Hemd und der Anzug sind beschmiert von den Abfalltonnen und dem Zaun, über den er gestiegen ist, als wäre er dazu noch jung genug.

Es gibt eine berühmte Novelle von James Joyce, Die Toten, in der ein junger Mann in eiskalter Nacht hinter einem Haus steht und für eine Frau, die er liebt, ein Lied singt. Der junge Mann, der sich nach dieser Frau verzehrt, stirbt bald danach. Er erkältet sich im Schnee und stirbt jung. Der Gipfel der Romantik! Das Lied des jungen Mannes nagt wie ein Holzwurm an der Frau in der Geschichte, ihr Leben lang.

Daniel seinerseits ist kein junger Mann mehr. Das ist Teil des Problems. Die Frau, die er so liebt, wie er wohl noch niemanden geliebt hat, ohne deren Liebe er sich verzehrt, bis er aufgezehrt sein wird, ist zwanzig Jahre jünger und hat, das ist es ja, vor gar nicht langer Zeit Clive geheiratet.

Und es kommt noch etwas hinzu: Er kann nicht singen. Nicht richtig jedenfalls.

Er kann aber ein Lied rufen. Den Text. Und es ist *sein* Text, nicht irgendwelche x-beliebigen Wörter.

Sie hat ihn erst zehn Tage gekannt, diesen Clive, als sie ihn geheiratet hat. Bei diesem Mädchen gibt es immer Hoffnung.

Die Ballade von dem Mädchen, das ich nicht haben kann.

Eine schnelle kleine Nummer, mit Witz, um ihr gerecht zu werden.

Haben kann. Don Juan. Momentan. Blödian. Lebensbahn. Veteran im Liebeswahn. Zu profan. Mein lieber Schwan.

(Schrecklich.)

Wie ein Pavian.

Es geht aber kein Licht an, in keinem Fenster. Er muss eine gute halbe Stunde im Regen herumstehen, bis er vor sich selbst zugeben kann, dass niemand zu Hause ist, dass er in einem Garten gestanden und lausige Reime an eine Hauswand gerufen hat, hinter der niemand ist.

Der Schaukelsitz, der dort im Wohnzimmer an der Decke hängt, der neueste Schrei, schwingt ganz allein im Dunkeln hin und her.

Eine Posse. Er ist ein Trottel. Sie wird nicht einmal erfahren, dass er hier war, oder?

(Stimmt. Sie hat es nie erfahren.

Und was danach geschah, tja, es geschah danach, und die Geschichte, das andere Wort für Posse, ging ihren eigenen üblen Witzweg, trällerte ihr eigenes übles Witzlied, und in dieser Geschichte war sie es, die jung starb.

Genagt. Der Holzwurm. Überall in ihm.)

Dann ist der alte, in seinem Bett in den Baum eingezwängte Mann, Daniel, ein Junge und sitzt in einem Zug, der durch dichte Fichtenwälder fährt. Er ist dünn und klein, sechzehn Lenze alt, hält sich aber bereits für einen Mann. Es ist wieder Sommer, er ist auf dem Kontinent, sie sind alle auf dem Kontinent, wo es ein bisschen beunruhigend ist. Irgendetwas wird geschehen. Es geschieht bereits. Alle wissen es. Doch alle tun so, als geschähe es nicht.

Die Zugpassagiere erkennen alle an Daniels Sachen, dass er nicht von hier ist. Er spricht jedoch die Sprache, was allerdings keiner der Fremden um ihn herum im Zug weiß, denn sie wissen weder, wer er ist, noch, wer sie ist, seine Schwester, die neben ihm sitzt, sie wissen nicht das Geringste über die zwei.

Die Leute um sie herum sprechen über die Notwendigkeit, wissenschaftliche und legale Mittel und Wege zu entwickeln, mit denen man genau feststellen kann, wer was ist.

Im Institut gibt es einen Professor, sagt der Mann Daniel gegenüber zu einer Frau. Und der arbeitet an der Erfindung eines modernen Werkzeugs, mit dem man ganz wissenschaftlich bestimmte körperliche Merkmale erfassen kann.

Oh?, sagt die Frau.

Sie nickt.

Die Nase, die Ohren, der Abstand dazwischen, sagt der Mann Daniel gegenüber.

Er flirtet mit der Frau.

Die Abmessungen von Körperteilen, vor allem von Merkmalen des Schädels, liefern prägnante Aussagen zu allem, was man wissen muss. Augenfarbe, Haarfarbe, Höhe und Breite der Stirn. Das wurde auch früher schon untersucht, aber nie so fachkundig, nie so genau. Vorläufig geht es zunächst ums Messen und Vergleichen, längerfristig jedoch, und das ist der kompliziertere Teil, um die Auswertung der zusammengetragenen Daten.

Der Junge lächelt seiner kleiner Schwester zu.

Sie wohnt immer hier.

Sie liest unablässig in ihrem Buch. Er stupst sie an. Sie hebt den Blick. Er zwinkert.

Sie spricht es als erste Sprache. Sie weiß, das Flirten ist nur Oberfläche, weiß genau, wovon sie sprechen. Sie blättert zur nächsten Seite um, schielt über den Buchrand hinweg erst zu ihm, dann zu den Passagieren gegenüber.

Ich höre sie. Aber lasse ich mich deswegen vom Lesen abhalten?

Sie sagt es zu ihrem Bruder auf Englisch. Schneidet eine Grimasse. Dann schaut sie mit ungeteiltem Blick wieder in ihr Buch.

Draußen im Gang versperrt ein Mann mit Mütze und Stiefeln Daniel, der sich erleichtern will, den Weg. Vorn besteht der Mann nur aus Taschen und Riemen. Er hat im Durchgang zur Toilette und zum nächsten Waggon lässig die Arme ausgebreitet, stützt sich auf beiden Seiten ab. Das Schaukeln des Zuges, der durch die Fichtenwälder und durch Ackerland fährt, überträgt sich auf ihn, fast so, als wäre er ein Teil der Mechanik, die das Fahrzeug bewegt.

Kann die schiere Breite der Brust eines Menschen heimtückisch sein?

O ja.

Träge und selbstsicher lächelt er dem Jungen zu, das

Lächeln eines entspannten Soldaten. Er hebt einen Arm, damit der Junge darunter hindurchschlüpfen kann. Daniel tut es, und da senkt sich der Arm so schnell, dass der Stoff des Hemds gerade noch über das Haar auf seinem Kopf streicht.

Hoppla, sagt der Soldat.

Junge in einem Zug.

Ein Wimpernschlag.

Alter Mann in einem Bett.

Der alte Mann in dem Bett steckt fest.

Holzpyjama. Mit altem Mann.

Fälle den Baum, in dem ich lebe. Höhle seinen Stamm aus.

Mach mich noch einmal neu von dem, was du aus ihm herausgeschält hast.

Stopf das neue Ich zurück in den alten Stamm.

Verbrenn mich. Verbrenn den Baum. Verstreu die Asche als Glücksbringer da, wo nächstes Jahr Getreide wachsen soll.

Gebär mich noch einmal
Verbrenn mich und den Baum
Kommenden Sommers Lieder
Wintersonnenwendetraum

Es ist noch Juli. Elisabeth geht zu der Arztpraxis ihrer Mutter in die Stadt. Sie wartet in der Schlange. Am Tresen angekommen, sagt sie der Sprechstundenhilfe, dass der Allgemeinmediziner, bei dem ihre Mutter angemeldet ist, hier in der Praxis arbeitet. Sie selbst ist zwar nicht hier bei einem Arzt angemeldet, fühlt sich aber unwohl und möchte deshalb mit einem Doktor sprechen, nichts Akutes vermutlich, aber irgendetwas stimmt nicht.

Die Sprechstundenhilfe sucht im Computer nach Elisabeths Mutter. Sie sagt Elisabeth, dass ihre Mutter hier in der Praxis nicht als Patientin geführt wird.

Doch, ja, wird sie, sagt Elisabeth. Definitiv.

Die Sprechstundenhilfe klickt eine andere Datei an, geht nach hinten und zieht das Fach eines Aktenschranks auf. Entnimmt ihm ein Blatt Papier, liest es, steckt es wieder hinein und schiebt das Fach zu. Kommt nach vorn zurück und setzt sich.

Sie sagt, sie fürchte, ihre Mutter sei nicht mehr in der Patientenliste eingetragen.

Davon hat meine Mutter mit Sicherheit keine Kenntnis, sagt Elisabeth. Sie geht davon aus, hier Patientin zu sein. Warum haben Sie sie von der Liste genommen?

Die Sprechstundenhilfe sagt, das sei eine vertrauliche Information, und sie dürfe Elisabeth keine Auskünfte über andere Patienten erteilen, nur über Elisabeth selbst.

Gut, kann ich mich trotzdem eintragen lassen und zu einem Arzt gehen?, sagt Elisabeth. Ich fühle mich hundeelend und würde wirklich gern mit jemandem sprechen.

Die Sprechstundenhilfe fragt, ob sie sich irgendwie ausweisen kann.

Elisabeth zeigt der Frau ihren Bibliotheksausweis von der Universität.

Gültig, solange ich den Job habe, immerhin, sagt sie, die Universitäten kriegen jetzt alle sechzehn Prozent ihrer Finanzierung gestrichen.

Die Sprechstundenhilfe bedenkt sie mit einem geduldigen Lächeln. (Einem Lächeln speziell für Patienten.)

Leider benötigen wir etwas mit einer aktuellen Anschrift und am besten auch mit einem Foto, sagt sie.

Elisabeth zeigt der Frau ihren Pass.

Der Pass ist abgelaufen, sagt die Sprechstundenhilfe.

Ich weiß. Ich bin gerade dabei, ihn zu verlängern.

Leider können wir ein abgelaufenes Dokument nicht akzeptieren, sagt die Sprechstundenhilfe. Haben Sie einen Führerschein?

Elisabeth sagt ihr, dass sie nicht Auto fährt.

Wie steht's mit einer Rechnung, Strom zum Beispiel?, sagt die Sprechstundenhilfe.

Was, für mich? Jetzt?

Die Frau erklärt ihr, es sei immer ratsam, eine Rechnung von einem Versorgungsunternehmen bei sich zu haben für den Fall, dass man irgendwo seine Identität nachweisen muss.

Was ist mit den vielen Leuten, die ihre Rechnungen online bezahlen und gar keine mehr auf Papier bekommen?, sagt Elisabeth.

Die Sprechstundenhilfe schaut sehnsüchtig zu dem Telefon, das links neben ihr auf dem Tresen läutet. Noch immer mit Blick zum läutenden Telefon, erklärt sie Elisabeth, es sei doch ganz einfach, eine Rechnung auf einem üblichen Tintenstrahldrucker auszudrucken.

Elisabeth sagt, sie wohne gerade bei ihrer Mutter, von hier sechzig Meilen entfernt, und ihre Mutter besitze keinen Drucker.

Die Sprechstundenhilfe guckt zornig, weil Elisabeths Mutter noch nicht mal einen Drucker hat. Sie spricht von Einzugsgebieten und Patientenerfassung und lässt durchblicken, das wird Elisabeth langsam klar, dass sie, wenn ihre Mutter inzwischen außerhalb des Einzugsgebiets wohnt, in diesem Gebäude nichts zu suchen hat.

Es ist auch ganz einfach, eine Rechnung zu fingieren und auszudrucken. Vorzutäuschen, dass man jemand ist, sagt Elisabeth. Und was ist mit den vielen Betrugsmaschen? Wieso macht einen der Name, der auf einem ausgedruckten Blatt Papier steht, zu der Person, die man ist?

Sie erzählt der Sprechstundenhilfe von dem Betrüger oder der Betrügerin, der oder die sich Anna Pavlova nennt und für den oder die seit drei Jahren regelmäßig Kontoauszüge von NatWest an ihre Wohnanschrift geschickt werden, obwohl sie NatWest schon mehrmals darauf aufmerksam gemacht hat und sicher weiß, dass mindestens seit zehn Jahren niemand namens Anna Pavlova dort wohnt, weil dort ja sie wohnt.

Was genau beweist ein Blatt Papier also letzten Endes?, sagt Elisabeth.

Die Sprechstundenhilfe sieht sie an, und ihre Miene ist versteinert. Sie bittet Elisabeth, sie für einen Augenblick zu entschuldigen, und geht ans Telefon.

Bedeutet Elisabeth, sie solle vom Tresen zurücktreten, solange sie telefoniert. Um es noch klarer zu machen, legt sie die Hand über den Hörer und sagt: Dürfte ich Sie bitten, mich diesem Anrufer die nötige Privatsphäre einräumen zu lassen?

Hinter Elisabeth hat sich eine kleine Schlange von Patienten gebildet, die sich alle bei der Sprechstundenhilfe anmelden wollen.

Elisabeth geht stattdessen zum Postamt.

Heute ist das Postamt so gut wie leer, ausgenommen die Schlange an den Selbstbedienungsautomaten. Elisabeth zieht ein Ticket. 39. Nummer 28 und 29 werden offenbar gerade bedient, obwohl niemand an einem Schalter steht, weder auf Postamtsangestellten- noch auf Kundenseite.

Zehn Minuten später kommt eine Frau von hinten herein. Sie ruft die Nummern 30 und 31 auf. Da niemand reagiert, rückt sie die beleuchtete Anzeige von Hand vor und ruft dazu die Nummern auf.

Elisabeth tritt an den Schalter und gibt der Frau ihren Passumschlag und die neuen Passfotos aus dem Automaten, auf denen ihr Gesicht (sie hat nachgemessen) definitiv die richtige Größe hat. Sie zeigt der Frau den Kassenbon, der belegt, dass sie die Gebühr von £9,75 in der vorigen Woche bezahlt hat.

Wann wollen Sie verreisen?, sagt die Frau.

Elisabeth zuckt mit den Schultern. Geplant ist noch nichts, sagt sie.

Die Frau sieht sich die Fotografien an.

Ich fürchte, es gibt ein Problem, sagt die Frau.

Was?

Die Haare hier sollten aus dem Gesicht genommen sein.

Sie *sind* aus dem Gesicht, sagt Elisabeth. Das ist meine Stirn. Sie berühren mein Gesicht nicht mal.

Sie sollen ganz zurückgenommen sein, sagt die Frau.

Wenn ich ein Foto von mir machen würde ohne Haare da, wo sie sind, sagt Elisabeth, sähe ich nicht aus wie ich. Welchen Sinn hat ein Passfoto, das nicht aussieht wie ich?

Ich würde sagen, sie berühren die Augen, sagt die Frau.

Sie schiebt ihren Stuhl zurück und geht mit dem Fotobogen zu dem Schalter, an dem Travel Cash ausgestellt wird. Zeigt ihn dem Mann dort. Der Mann kommt mit ihr an den Schalter zurück.

Mit Ihren Haaren könnte es ein Problem geben, sagt er, insofern, als meine Kollegin glaubt, sie berühren auf dem Foto das Gesicht.

Die Haare sind jedenfalls nicht das Entscheidende, sagt die Frau. Ihre Augen sind zu klein.

O Gott, sagt Elisabeth.

Der Mann geht an seinen Travel-Cash-Schalter zurück. Die Frau schiebt Elisabeths Passbilder unter einer Klarsichtschablone hin und her, auf die in verschiedenen Kästchen Markierungen und Maßeinheiten gedruckt sind.

Ihre Augen sitzen nicht so im schraffierten Bereich, wie es die Vorschriften verlangen, sagt sie. Der Abstand ist nicht einheitlich. Die Linie sollte in der Mitte sein und ist, wie Sie selber sehen, bei Ihnen an der Seite der Nase. Ich fürchte, diese Fotografien entsprechen nicht den Vorgaben. Wenn Sie zu Snappy Snaps gehen statt in einen Passfotoautomaten –

Genau dasselbe hat der Mann, mit dem ich vorige Woche hier gesprochen habe, auch gesagt, sagt Elisabeth. Was hat das mit diesem Postamt und Snappy Snaps auf sich? Arbeitet der Bruder von irgendjemandem hier bei Snappy Snaps?

Man hat Ihnen also bereits geraten, zu Snappy Snaps zu gehen, und Sie haben sich dagegen entschieden, sagt die Frau.

Elisabeth lacht. Sie kann nicht anders, die Frau guckt zu gestreng, weil sie nicht zu Snappy Snaps gegangen ist.

Sie hebt ihre Schablone hoch und zeigt Elisabeth noch einmal ihr Gesicht mit dem schraffierten Kästchen darauf.

Ich fürchte, es ist ein Nein, sagt die Frau.

Schauen Sie, sagt Elisabeth. Schicken Sie die Fotos einfach an die Passbehörde. Ich riskier's. Ich glaube, das geht in Ordnung so.

Die Frau sieht gekränkt aus.

Wenn sie nicht akzeptiert werden, sagt Elisabeth, komme

ich demnächst noch einmal her und bestätige Ihnen, dass Sie recht hatten und ich nicht, dass mein Haar verkehrt war und meine Augen vollkommen an der falschen Stelle.

Nein, denn wenn Sie das heute per Check & Send an die Behörde übermitteln, ist dieses Postamt heute zum letzten Mal mit Ihrem Antrag befasst gewesen, sagt die Frau. Wenn er eingegangen ist, wird sich die Passbehörde wegen der nicht erfüllten Vorschriften bei Ihnen melden.

In Ordnung, sagt Elisabeth. Vielen Dank. Schicken Sie sie ab. Ich lasse es darauf ankommen. Könnten Sie mir noch einen Gefallen tun?

Die Frau sieht sie beunruhigt an.

Würden Sie Ihrem Kollegen mit der Meeresfrüchte-Intoleranz, der hier arbeitet, etwas von mir ausrichten? Sagen Sie ihm, die Frau mit der falschen Kopfgröße lässt herzlich grüßen und hofft, dass es ihm gutgeht.

Mit der Beschreibung, sagt die Frau, könnte das, verzeihen Sie, jeder sein. Einer von Tausenden.

Mit Kugelschreiber notiert sie auf Elisabeths Quittungsbeleg: *Kundin übersendet Fotos auf eigenes Risiko.*

Elisabeth steht vor dem Postamt. Sie fühlt sich besser. Es ist kühl, regnerisch.

Sie überlegt, in das Antiquariat rüberzugehen und sich ein Buch zu kaufen.

Und dann Daniel zu besuchen.

Es dauert den Bruchteil eines Sekundenbruchteils, dann sind Elisabeths Daten im Computer eingegeben. Die Frau am Empfang reicht ihr den eingescannten Ausweis zurück.

Daniel schläft. Eine Pflegerin, heute eine andere, wischt das Zimmer mit einem Mopp durch, der nach Kiefernnadel riecht.

Elisabeth fragt sich, was aus all den Pflegekräften wird. Bis jetzt, fällt ihr auf, hat sie hier nicht eine einzige Pflegerin gesehen, die nicht von irgendwo anders auf der Welt stammt. Heute Morgen hat sie einen Sprecher im Radio sagen hören: *Nicht nur, dass wir rhetorisch und praktisch das Gegenteil von Integration der Immigranten in diesem Land vorangetrieben haben, wir haben rhetorisch und praktisch auch unsere eigene Integration nicht vorangetrieben. Wir tun dies aus eigenem Antrieb, seit Thatcher uns beigebracht hat, egoistisch zu sein, und seit wir nicht bloß meinen, sondern glauben, dass es so etwas wie eine Gesellschaft nicht gibt.*

Worauf der andere Gesprächsteilnehmer erwiderte: *Nun,*

das war von Ihnen nicht anders zu erwarten. Finden Sie sich damit ab. Werden Sie erwachsen. Ihre Zeit ist vorbei. Demokratie. Sie haben verloren.

Es ist, als wäre die Demokratie eine Flasche, und jemand könnte damit drohen, ihr den Hals abzuschlagen und ein bisschen Schaden damit anzurichten. Es ist jetzt eine Zeit, in der sich die Leute gegenseitig nur Sachen an den Kopf werfen, woraus aber nie ein Gespräch entsteht.

Es ist das Ende des Gesprächs.

Elisabeth überlegt, wann genau sich das geändert hat und wie lange das, von ihr unbemerkt, schon so geht.

Sie setzt sich zu Daniel. Dem schlafenden Sokrates.

Wie geht es Ihnen heute, Mr Gluck?, sagt sie leise unten vor dem schlafenden Ohr.

Sie zieht ihr neues altes Buch heraus und schlägt es am Anfang auf. *Von Gestalten zu künden, die in neue Körper verwandelt wurden, treibt mich der Geist. Ihr Götter – habt ihr doch jene Verwandlungen bewirkt –, beflügelt mein Beginnen und führt meine Dichtung ununterbrochen vom allerersten Ursprung bis zu meiner Zeit!*

Heute sieht Daniel aus wie ein Kind, aber wie eins mit sehr altem Kopf.

Sie sieht ihm beim Schlafen zu und denkt an Anna Pavlova, nicht die Tänzerin, die Betrügerin, die unter Elisabeths Anschrift ein Konto bei der NatWest-Bank eröffnet hat.

Was ist das für eine Betrügerin – vorausgesetzt, es ist eine Sie –, die sich nach einer Balletttänzerin nennt? Hat sie wirklich geglaubt, die Angestellten bei NatWest würden bei einer Kundin mit dem Namen Anna Pavlova nicht stutzen? Oder werden Konten heute nur noch von Robotern eröffnet, und die wissen nicht, wie man solche Angaben prüft?

Andererseits, was weiß denn Elisabeth? Kann doch sein, dass das gar kein ungewöhnlicher Name ist. Vielleicht gibt es derzeit eine Million und eine Anna Pavlovas auf der Welt. Vielleicht ist Pavlova die russische Entsprechung von Smith.

Eine kultivierte Betrügerin. Eine feinsinnige Betrügerin. Eine leichtfüßige und so enorm ausdrucksfähige wie legendär begabte Primaballerina von Betrügerin. Ein schneewittchenhaft sterbender Schwan von Betrügerin.

Elisabeth fällt ein, dass ihre Mutter irgendwann, ganz am Anfang, glaubte, Daniel, der so dünn war, so puckartig und überdurchschnittlich gelenkig – sogar in den Achtzigern konnte er die Leiter zu ihrem Dachboden flinker hinaufsteigen als ihre Mutter selbst, damals in den Vierzigern –, sei früher Balletttänzer gewesen, ja, vielleicht sei er ein berühmter, nun in die Jahre gekommener Tänzer.

Was wäre dir lieber?, hatte Daniel einmal gesagt. Soll ich ihr eine Freude machen und sagen, dass sie richtig geraten hat und ich ein vor kurzem in den Ruhestand gegangener Rambert bin? Oder soll ich ihr die prosaischere Wahrheit sagen?

Erzählen Sie ihr auf alle Fälle die Lüge, sagte Elisabeth.

Aber überleg mal, was passiert, wenn ich das tue, sagte Daniel.

Das wird großartig, sagte Elisabeth. Das wird echt witzig.

Ich sag dir, was dann passiert, sagte Daniel. Du und ich werden wissen, dass ich gelogen habe, deine Mutter aber nicht. Du und ich werden etwas wissen, was deine Mutter nicht weiß. Dadurch ändert sich unsere Beziehung nicht nur zu deiner Mutter, sondern auch die zwischen uns. Es treibt einen Keil zwischen uns. Du verlierst das Vertrauen zu mir, und mit Recht, denn ich wäre dann ein Lügner. Durch die Lüge wären wir alle herabgewürdigt. Also. Entscheidest du dich immer noch für das Ballett? Oder sage ich ihr die traurigere Wahrheit?

Ich will die Lüge, sagte Elisabeth. Sie weiß haufenweise Dinge, die ich nicht weiß. Ich will wenigstens ein paar Dinge wissen, die sie nicht weiß.

Die Macht der Lüge, sagte Daniel. Für Machtlose ist sie immer verführerisch. Aber inwiefern hilft die Tatsache, dass ich Tänzer im Ruhestand bin, dir nun tätsächlich bei deinem Gefühl der Machtlosigkeit?

Waren Sie Tänzer?, sagte Elisabeth.

Das ist mein Geheimnis, sagte Daniel. Das gebe ich nicht preis, niemals. Keiner Menschenseele. Für kein Geld der Welt.

Es war ein Dienstag im März 1998. Elisabeth war vierzehn. Sie machte am hellen frühen Abend mit Daniel einen Spaziergang, obwohl ihre Mutter nein gesagt hatte.

Sie gingen an den Geschäften vorbei und dann hinaus zu dem freien Feld, auf dem im Sommer die Sportwettkämpfe der Schulen ausgetragen wurden, wo der Jahrmarkt stattfand und der Zirkus sein Zelt aufbaute. Beim letzten Mal, als Elisabeth zu dem Platz gekommen war, wollte sie sich nach der Abreise des Zirkus speziell die kahle Stelle ansehen, auf der das Zelt gestanden hatte. Solche melancholische Sachen machte sie gern. Jetzt jedoch war nichts davon zu merken, dass auch nur eine dieser Sommerveranstaltungen stattgefunden hatte. Da war nur eine Brache. Die Laufbahnen waren bis zur Unkenntlichkeit verblasst. Das niedergetretene Gras, die aufgeweichten Wege, auf denen die Besucher zwischen den Fahrgeschäften und den an den Seiten offenen Anhängern mit den Wurf- und Schießattraktionen herumgelaufen waren, die geisterhafte Spur der Manege: nichts als Gras.

Das war irgendwie nicht dasselbe wie Melancholie. Es war etwas anderes, bei dem so etwas wie Melancholie oder Wehmut überhaupt keine Rolle spielten. Dinge geschahen einfach. Dann waren sie vorüber. Die Zeit verging einfach. Einerseits war es unschön, so zu denken, sogar brutal. Andererseits fühlte es sich gut an. Es war eine Erleichterung.

Hinter dem Feld war noch ein Feld. Dahinter kam der Fluss.

Ist es bis zum Fluss nicht ein bisschen zu weit?, sagte Elisabeth.

Daniel sollte nicht so weit laufen müssen, wenn er wirklich schon so alt war, wie ihre Mutter immer behauptete.

Für mich nicht, sagte Daniel. Das ist doch eine Bagatelle.

Eine was?, sagte Elisabeth.

Ein Kinderspiel, sagte Daniel. Übertragen gesprochen. Ein Klacks. Keine große Sache.

Was sollen wir auf dem ganzen Hin- und Rückweg machen?

Wir spielen Bagatelle, sagte Daniel.

Ist das wirklich ein Spiel?, sagte Elisabeth. Oder haben Sie sich das eben erst ausgedacht?

Ich gebe zu, mir ist dieses Spiel auch neu, sagte Daniel. Sollen wir's spielen?

Kommt drauf an.

Wir machen es folgendermaßen: Ich erzähle dir die erste Zeile einer Geschichte, sagte Daniel.

Okay, sagte Elisabeth.

Dann erzählst du mir die Geschichte, die dir einfällt, wenn du diese erste Zeile hörst.

Eine Geschichte, die es schon gibt?, sagte Elisabeth. Wie Goldlöckchen und die drei Bären?

Die armen Bären, sagte Daniel. Diese gemeine, böse, unverschämte Göre, ein richtiger Rowdy. Dringt uneingeladen und unangemeldet in ihr Haus ein. Macht das Mobiliar kaputt. Isst die Vorräte auf. Sprüht ihren Namen an die Wände aller Schlafzimmer.

Dass sie den Namen an die Wände der Bären sprüht, sagte Elisabeth, kommt in der Geschichte nicht vor.

Wer sagt das?, sagte Daniel.

Die Geschichte ist von ganz früher, wahrscheinlich von so früh, als es noch keine Sprühfarbe gab.

Wer sagt das?, sagte Daniel noch einmal. Wer sagt, dass die Geschichte nicht gerade jetzt stattfindet?

Ich, sagte Elisabeth.

Tja, da wirst du beim Bagatelle verlieren, sagte Daniel, denn der ganze Sinn von Bagatelle ist, dass man mit den Geschichten spielt, die angeblich in Stein gemeißelt sind. Und nein, *nicht* wie bei einem Kinderspiel.

Ich weiß, sagte Elisabeth. Manno. Seien Sie nicht so herablassend.

Herablassend?, sagte Daniel. Moi? Also, mit was für einer Art Geschichte willst du spielen? Du kannst es dir aussuchen.

Sie waren zu einer Bank am Flussufer gekommen; beide Felder lagen weit hinter ihnen. Es war das erste Mal, dass Elisabeth die Felder durchquert hatte, ohne dass es ihr weit vorgekommen war.

Was steht zur Auswahl?, sagte Elisabeth.

Alles ist möglich, sagte Daniel.

Wahrheit oder Lüge zum Beispiel? Geht das auch?

Ein starker Gegensatz, aber, ja, wenn du willst, sagte Daniel.

Darf ich mich zwischen Krieg und Frieden entscheiden?

(Krieg kam jeden Tag in den Nachrichten vor. Es gab Belagerungen und Bilder von Säcken, in denen Leichen steckten. Elisabeth hatte das Wort Massaker nachgeschlagen, weil sie die genaue Bedeutung des Worts wissen wollte. Es bedeutete, eine große Anzahl von Menschen mit großer Gewalt und Grausamkeit zu töten.)

Du kannst von Glück sagen, dass du hier ein Mitspracherecht hast, sagte Daniel.

Ich entscheide mich für Krieg, sagte Elisabeth.

Sicher, dass du Krieg willst?

Ist *sicher, dass du Krieg willst* die erste Zeile der Geschichte?, sagte Elisabeth.

Kann sie sein, sagte Daniel. Wenn du das möchtest.

Wer sind die handelnden Personen?

Du denkst dir eine aus, und ich denke mir eine aus, sagte Daniel.

Ein Mann mit einer Waffe, sagte Elisabeth.

Okay, sagte Daniel. Ich entscheide mich für jemanden, der in Gestalt eines Baums auftritt.

Eines was?, sagte Elisabeth. Auf keinen Fall. Sie müssen so was sagen wie noch ein Mann mit noch einer Waffe.

Warum muss ich?, sagte Daniel.

Weil Krieg ist.

Ich gebe auch etwas zu der Geschichte dazu, und ich entscheide mich für eine als Baum verkleidete Person, sagte Daniel.

Warum?, sagte Elisabeth.

Erfindungsgabe.

Mit Erfindungsgabe gewinnt Ihre Figur das Spiel aber nicht, sagte Elisabeth. Meine Figur hat eine Waffe.

Das ist aber nicht alles, womit du es in der Geschichte zu tun bekommst, und nicht das Einzige, wofür du verantwortlich bist, sagte Daniel. Du hast es auch mit einer Figur zu tun, die einem Baum ähneln kann.

Kugeln sind schneller und stärker als Baumkostüme und zerfetzen und vernichten sie.

Das ist die Welt, die du erfinden möchtest?, sagte Daniel.

Es ist sinnlos, eine Welt zu erfinden, sagte Elisabeth, wenn es in Wirklichkeit schon eine Welt gibt. Es gibt nur die Welt, und es gibt die Wahrheit über die Welt.

Du meinst, es gibt die Wahrheit, und es gibt die erfundene Version davon, die wir über die Welt erzählt kriegen, sagte Daniel.

Nein. Die *Welt* existiert. *Geschichten* werden erfunden, sagte Elisabeth.

Die trotzdem nicht weniger wahr sind, sagte Daniel.

Das ist ultraverrücktes Gerede, sagte Elisabeth.

Und wer die Geschichte erfindet, erfindet die Welt, sagte Daniel. Schau deshalb, dass deine Geschichte immer für andere offen ist. Das wäre mein Vorschlag.

Inwiefern ist man für andere offen, wenn man etwas erfindet?, sagte Elisabeth.

Ich schlage vor, sagte Daniel, dass du den Figuren in der

Geschichte, die du erzählst, immer denselben Vertrauensbonus gibst, den du auch möchtest, wenn es um dich geht.

Wie wenn man zehn Brötchen kauft und noch eines umsonst dazukriegt? Oder wie wenn man beim Supermarkt Punkte sammelt?, sagte Elisabeth.

Ich meine den Vertrauensbonus, ohne den es nicht geht, sagte Daniel. Und lass deinen Figuren immer eine Wahl – sogar denen, die mit nichts als einem Baumkostüm einem Mann mit einer Waffe gegenüberstehen. Womit ich Figuren meine, die scheinbar gar keine Wahl haben. Gib ihnen in deiner Geschichte ein Zuhause.

Warum sollte ich?, sagte Elisabeth. Sie haben Goldlöckchen auch kein Zuhause gegeben.

Hab ich sie auch nur einen Moment daran gehindert, mit ihrer Sprühdose in das Haus einzudringen?, sagte Daniel.

Aber bloß, weil Sie es nicht konnten, sagte Elisabeth, und weil es nämlich schon ein Teil der Geschichte war. Sie tut es jedes Mal, wenn die Geschichte erzählt wird – sie dringt in das Haus der Bären ein. Sie muss. Sonst gäbe es keine Geschichte. Hab ich recht? Ausgenommen das mit der Sprühdose. Das haben Sie erfunden.

Ist meine Sprühdose in irgendeiner Weise mehr erfunden als der Rest der Geschichte?, sagte Daniel.

Ja, sagte Elisabeth.

Dann dachte sie darüber nach.

Oh! Ich meine, nein, sagte sie.

Und wenn ich die Geschichte erzähle, kann ich sie erzählen, wie es mir gefällt, sagte Daniel. Woraus folgt, wenn *du* –

Woher wissen wir dann überhaupt, was wahr ist?, sagte Elisabeth.

Das ist mal ein Wort, sagte Daniel.

Und was, ja, genau, sagte Elisabeth, was, wenn Goldlöckchen täte, was sie tut, weil sie keine andere Wahl hat? Was, wenn sie ernsthaft verärgert darüber wäre, dass der Brei zu heiß ist, und deswegen mit der Sprühdose ultramäßig durchdreht? Was, wenn kalter Brei sie wegen etwas aus ihrer Vergangenheit echt rasend macht? Was, wenn in ihrem Leben etwas wirklich Schreckliches passiert wäre und der Brei sie daran erinnert hat und sie deshalb so wütend war, dass sie den Stuhl zerbrochen und die Betten zerwühlt hat?

Oder was, wenn sie einfach nur ein Rowdy war, sagte Daniel, der in Häuser einbricht und sie verschandelt, nur weil ich, der für die Geschichte Verantwortliche, befunden habe, dass alle Goldlöckchen so sind?

Ich persönlich würde ihr trotzdem einen Vertrauensbonus geben, sagte Elisabeth.

Jetzt bist du so weit, sagte Daniel.

So weit wofür?

Mit der Geschichte zu spielen und zu erzählen, wie es ist, sagte Daniel.

Im Zeitraffer zu einer Million Milliarden Blumen, die die Köpfe öffnen, einer Million Milliarden Blumen, die die Köpfe senken, die die Köpfe wieder schließen, zu einer Million Milliarden neuer Blumen, die stattdessen aufgehen, einer Million Milliarden Knospen, aus denen Blätter werden, die dann abfallen und zu Erde verfaulen, zu einer Million Milliarden dünner Zweige, die sich in eine Million Milliarden brandneuer Knospen teilen.

Elisabeth, die knapp zwanzig Jahre später in Daniels Zimmer bei der Maltings Care Providers AG sitzt, hat keine Erinnerung an diesen Tag, den Spaziergang oder das im vorigen Abschnitt geschilderte Gespräch. Hier jedoch ist die Geschichte aufbewahrt, die Daniel erzählt hat, unversehrt geborgen aus dem Platz im Speicher menschlicher Hirnzellen, in dem alles, was wir jemals erleben, eingelagert ist, und zwar mit all seinen Dimensionen (einschließlich der milderen Luft an diesem Märzabend, der neuen Jahreszeit, die schon zu riechen war, dem Verkehrslärm in der Ferne und allem anderen, was ihr Verstand und ihre Wahrnehmung von dem Ort, der Zeit und ihrer Anwesenheit in beidem erfasst haben).

Ich habe null Lust, mir eine Geschichte auszudenken, in der ein Baumkostüm vorkommt, sagte Elisabeth. Denn kein Mensch, der bei Verstand ist, kann daraus eine gute Geschichte machen.

Ist das eine Herausforderung meines Verstands?, sagte Daniel.

Zweifellos.

Na gut, sagte Daniel. Mein Verstand nimmt die Herausforderung an.

Sicher, dass du Krieg willst?, sagte die Figur in dem Baumkleid.

Die Figur im Baumkleid stand da und reckte die Äste in die Luft wie jemand, der seine oder ihre Hände hebt. Ein Mann mit einer Waffe zielte auf die Figur im Baumkleid.

Willst du mir drohen?, sagte der Mann mit der Waffe.

Nein, sagte sie. Du bist der mit der Waffe.

Ich bin ein friedlicher Mensch, sagte der Mann mit der Waffe. Ich will keinen Ärger. Deswegen trage ich die Waffe. Und im Allgemeinen habe ich auch nichts gegen Leute wie dich.

Was soll das heißen, Leute wie mich?, sagte die Figur im Baumkleid.

Wie ich es gesagt habe. Leute, die in blöden Theaterbaumkostümen herumhampeln, sagte der Mann mit der Waffe.

Aber warum?, sagte die Figur im Baumkleid.

Überleg mal, was das gäbe, wenn alle anfingen, sich als

Baum zu kostümieren, sagte der Mann mit der Waffe. Als lebte man im Wald! Wir leben aber nicht im Wald. Diese Stadt war schon lange vor meiner Geburt eine Stadt. Für meine Eltern war sie gut genug und für meine Großeltern und Urgroßeltern auch.

Was ist mit deinem Kostüm?, sagte die Figur in dem Baumkleid.

(Der Mann mit der Waffe trug Jeans, ein T-Shirt und eine Baseballkappe.)

Das ist kein Kostüm, sagte er. Das sind meine Sachen.

Tja, und das sind *meine* Sachen. Aber deswegen nenne ich deine Sachen noch lange nicht blöd, sagte die Figur in dem Baumkleid.

Ja, das traust du dich nicht, sagte der Mann mit der Waffe.

Er schwenkte sie.

Und deine Sachen sind auf jeden Fall blöd, sagte er. Normale Leute rennen nicht als Bäume kostümiert herum. Zumindest nicht in dieser Gegend. Gott weiß, was sie in anderen Städten machen, ist auch ihre Sache. Aber wenn du deinen Kopf durchsetzen würdest, würdest du unsere Kinder als Bäume verkleiden, unsere Frauen als Bäume verkleiden. So etwas muss schon im Keim erstickt werden.

Der Mann hob die Waffe und zielte. Die Figur im Baumkleid nahm unter dem dicken Stoff alle Kräfte zusammen. Die kleinen Grashalme, die rings um den Saum des Kostüms aufgemalt waren, erzitterten um die aufgemalten Wurzeln. Der Mann blickte durch das Visier seiner Waffe. Dann nahm er die Waffe wieder herunter. Lachte.

Weißt du, das Komische ist, fällt mir gerade ein, sagte

er, in Kriegsfilmen, wenn da jemand hingerichtet wird, muss sich der Betreffende immer vor Bäumen oder Masten aufstellen. Dich zu erschießen ist also ein bisschen so, als würde man gar niemanden erschießen.

Er hob die Waffe ans Auge. Zielte auf den Baumstamm, ungefähr auf die Stelle, an der er das Herz der Figur im Baumkleid vermutete.

So. Das war's, Ende, sagte Daniel.

Sie können hier nicht einfach aufhören!, sagte Elisabeth. Mr Gluck!

Nein?

Elisabeth sitzt in dem nüchternen Zimmer neben Daniel, hat ihr Buch aufgeschlagen und liest von Metamorphosen. Ringsherum sind, unsichtbar und durch das ganze Universum versprengt, die erschossenen Theaterfiguren. Die Dame ist tot. Die bösen Stiefschwestern sind tot. Schneewittchen und die gute Fee, Aladin und der Gestiefelte Kater und Dick Whittington, niedergemäht, die Ernte des Theaters, ein Theatergemetzel, Komödie und Tragödie zugleich, tot, tot, tot.

Nur die Figur in dem Baumkleid steht noch.

Doch als der Mann mit der Waffe schließlich zum Schießen ansetzt, verwandelt sich die Figur im Baumkleid vor seinen Augen in einen echten Baum, einen Baumriesen, eine prächtige, hoch aufragende Goldesche, die ihr betörendes Laub flattern lässt.

Sooft der Mann mit der Waffe auch auf den Baum schießt, mit Kugeln kann er ihn nicht töten.

Deshalb tritt er gegen den dicken Stamm. Er will einen

Unkrautvernichter kaufen und auf die Wurzeln des Baums streuen oder Streichhölzer und Benzin und ihn niederbrennen. Er wendet sich zum Gehen – und da tritt ihm der Zentaur, den er vergessen hat zu erschießen, an den Kopf.

Er fällt um, liegt tot auf all den gefallenen Theaterfiguren. Eine surrealistische Vision der Hölle.

Was bedeutet surrealistisch, Mr Gluck?

Das. Da liegen sie. Regen fällt. Wind weht. Die Jahreszeiten vergehen, die Waffe rostet, die leuchtenden bunten Kostüme verblassen und verfaulen, das Laub der Bäume ringsum fällt auf sie herab, türmt sich auf, deckt sie zu, Gras sprießt rings um sie herum aus der Erde, dann sogar aus ihnen, durch sie hindurch, sprießt aus Rippen und Augenhöhlen, danach erscheinen Blumen in dem Gras, und wenn die Kostüme und die verderblichen Teile sich alle zersetzt haben oder von Tieren gefressen worden sind, die sich über die Nahrung freuen, ist nichts mehr übrig von den unschuldigen Theaterfiguren oder dem Mann mit der Waffe, bloß noch Knochen im Gras, Knochen zwischen Blumen, die belaubten Äste der Esche über ihnen. Und das bleibt letztendlich von uns allen, ob wir eine Waffe tragen, solange wir hier sind, oder nicht. Also. Solange wir hier sind. Ich meine, solange wir noch hier sind.

Daniel saß auf der Bank und hatte für einen Moment die Augen zu. Der Moment wurde länger. Es wurde weniger ein Moment und mehr eine Weile.

Mr Gluck?, sagte Elisabeth. Mr Gluck?

Sie stupste ihn am Ellbogen.

Ah, ja. Ich war, ich war – Was war ich?

Sie haben die Worte solange wir hier sind gesagt, sagte Elisabeth. Zweimal nacheinander. Solange wir hier sind. Dann sind Sie verstummt.

Tatsächlich?, sagte Daniel. Solange wir hier sind. Tja, solange wir hier sind, sollten wir immer für den hoffen, der das sagt.

Der was sagt, Mr Gluck?

Sicher, dass du Krieg willst?, sagte Daniel.

Elisabeths Mutter ist diese Woche viel vergnügter, Gott sei Dank. Sie hat nämlich eine E-Mail bekommen und erfahren, dass sie ausgewählt wurde und in einer Fernsehsendung mit dem Titel Der goldene Hammer mitmachen soll, bei der Zuschauer gegen Promis und Antik-Experten antreten und, mit einem festen Budget ausgestattet, in Antiquitätengeschäften stöbern und den Gegenstand herausfischen sollen, der bei einer Auktion das meiste Geld einbringt. Es ist, als wäre der Erzengel Gabriel an der Türschwelle des Lebens ihrer Mutter erschienen, auf die Knie gefallen und hätte ihr mit gesenktem Kopf verkündet: In einem Laden voller Plunder, irgendwo zwischen Tausenden und Abertausenden abgelegten, kaputten, veralteten, angelaufenen, zigfach verscherbelten, längst entsorgten und vergessenen Gegenständen befindet sich etwas, das viel mehr wert ist, als alle meinen, und die Person, der wir zutrauen, diesen Schatz unter dem Schrott der Zeit und der Geschichte zu heben, bist du.

Elisabeth sitzt am Küchentisch, als ihre Mutter ihr eine

alte Episode von Der Goldene Hammer vorspielt, um ihr zu zeigen, was da erwartet wird. Währenddessen denkt sie an ihre Fahrt hierher, vor allem an das spanische Pärchen in der Taxischlange vor dem Bahnhof.

Sie waren unverkennbar gerade angekommen, machten Urlaub, Gepäck rings um die Füße. Die Leute in der Schlange dahinter schrien sie an. Sie riefen ihnen zu, sie sollten nach Hause fahren.

Hier ist nicht Europa, schrien sie. Fahrt wieder nach Europa.

Die Leute, die vor den Spaniern in der Taxischlange standen, waren nett; sie wollten die Situation entschärfen und ließen den Spaniern beim nächsten Taxi, das kam, den Vortritt. Trotzdem spürte Elisabeth, dass der kleine Vorfall ein Vorbote von etwas Explosivem war.

So fühlt sich Scham an, denkt sie.

Auf dem Bildschirm ist es noch später Frühling, und der Plunder von früher ist Geld wert. Es wird viel in alten Autos aus früheren Jahrzehnten herumgekurvt. Es wird oft am Straßenrand angehalten und besorgt auf den Rauch geguckt, der unter den Motorhauben der alten Autos hervorkommt.

Elisabeth überlegt, was sie ihrer Mutter zu dem Goldenen Hammer sagen könnte.

Ich bin ja neugierig, in was für einem Oldtimer du herumgefahren wirst, sagt sie.

In gar keinem, weil die nicht für die Leute aus dem Publikum gedacht sind, sagt ihre Mutter. Das dürfen bloß die Promis und die Experten. *Die* kommen an. *Wir* sind schon in dem Laden und erwarten sie dort.

Warum darfst du nicht mit einem Auto fahren?, sagt Elisabeth. Das ist empörend.

Es ist doch sinnlos, Sendezeit dafür zu verplempern und Leute, mit denen kein Mensch etwas anzufangen weiß, in Oldtimern herumzukutschieren, sagt ihre Mutter.

Elisabeth fällt der wunderschöne Wiesenkerbel auf, der auf beiden Seiten der Landstraßen in der Episode aus Der Goldene Hammer steht, die letztes Jahr, sagt ihre Mutter, in Oxfordshire und Gloucestershire gedreht wurde und die in der Mediathek noch verfügbar ist. Der hohe Wiesenkerbel steht aufrecht und prächtig, während die Promis (Elisabeth hat keine Ahnung, wer die sind oder warum sie prominent sind) herumwuseln. Einer singt Popsongs aus den Siebzigern und schwärmt von dem goldlackierten Datsun, den er einmal besaß. Eine andere erzählt leutselig von ihrer Zeit als Statistin im Musical Oliver! Die Oldtimer tuckern qualmend durch England; der Wiesenkerbel vor den Autoscheiben steht hoch, kräftig, grün, voller Regentropfen. Das ist Nebensache. Diese Nebensächlichkeit, schießt Elisabeth durch den Kopf, sagt viel aus. Der Wiesenkerbel hat eine eigene Sprache, eine, die niemand in der Sendung oder von den Machern der Sendung versteht oder wahrnimmt.

Elisabeth zieht ihr Handy heraus und notiert es sich. Vielleicht lässt sich daraus eine Vorlesung machen.

Dann fällt ihr ein, dass sie vermutlich schon bald keinen Job mehr haben wird, in dem sie Vorlesungen halten kann.

Sie legt das Handy mit dem Display nach unten auf den

Tisch. Denkt an die Studenten, die sie unterrichtet hat und die diese Woche ihren Abschluss machen mit einem Haufen Schulden am Hals und einer Zukunft, die vorbei ist.

In der Fernsehsendung fahren die Autos vor einer Lagerhalle auf dem Land vor. Umständlich wird ausgestiegen. Am Eingang zu der Lagerhalle lernen die Promis und die Experten die beiden normalen Leute kennen, die identische Jogginganzüge anhaben, damit man merkt, sie sind die Normalos. Alle geben sich die Hand. Dann geht es los, und die Promis, die Experten und die Normalos ziehen in verschiedenen Richtungen durch die Lagerhalle.

Eine Normalo-Vertreterin des Publikums kauft für £30 eine alte Ladenkasse oder das, was der Ladenbesitzer Vintage-Registrierkasse nennt. Die funktioniert zwar nicht, aber das strahlende Weiß und die roten, an der runden Brust prangenden Knöpfe erinnerten sie, sagt die Frau, an den Regimentsmantel, den ihr Großvater trug, als er in den Sechzigern Portier im Kino war. Schnitt zu einem Promi, der diverse Sammelbüchsen erspäht hat, geformt wie kleine Figuren – Hunde und Kinder – in Lebensgröße, die nebeneinander am Eingang zu der Lagerhalle stehen wie eine Traube typischer Landbewohner aus früheren Zeiten oder aus einer Science-Fiction-Vision, in der Vergangenheit und Zukunft aufeinanderprallen. Es sind die Behältnisse, die früher vor Läden standen und in die Passanten beim Betreten oder Verlassen der Geschäfte Kleingeld einwerfen konnten. Es sind ein strahlendes rosa Mädchen mit einem Teddybär; ein unscheinbar aussehender Junge, überwiegend in Braun und mit einer, wie es aussieht, alten Socke in der Hand; ein strahlendes rotes Mädchen, auf dessen Brust das Wort DANKE geschnitzt ist und das eine Schiene am Bein trägt; ein Spaniel mit zwei Jungen, deren Glasaugen bittend schauen und die kleine Behälter mit Münzschlitzen darin um den Hals haben oder Münzschlitze im Kopf.

Eine Expertin gerät völlig aus dem Häuschen. Sie erklärt der Kamera, dass der braun angezogene Spendenbüchsen-Junge ein Dr.-Barnardo-Junge und der Älteste aus der Gruppe ist. Sie weist auf den Schriftzug am Standfuß des Jungen und sagt, der stamme schon aus den Fünfzigern, und der kurze Vers an dem Fuß – Geben schenkt Leben – wiederum sei ein Überbleibsel aus noch anderer Zeit. Dann nickt sie zwinkernd in die Kamera und sagt ihr, sie würde sich, wenn es nach ihr ginge, trotzdem für den Spaniel entscheiden, weil Hunde bei Auktionen immer sehr gut gehen und der braun gekleidete Junge, auch wenn er Vintage-Status hat, vermutlich weniger einbringt, als er wert ist, es sei denn, die Versteigerung findet online statt.

Was sie nicht sagen, sagt ihre Mutter, vielleicht deshalb, weil sie es nicht wissen, ist, dass solche Spendenbüchsen aufkamen, weil man an der Wende zum vorigen Jahrhundert noch richtige Hunde dafür eingesetzt hat, die liefen an Bahnhöfen und ähnlichen Plätzen herum, mit Büchsen um den Hals, in die die Leute ihre Pennys einwerfen konnten. Für die Wohlfahrt.

Ah, sagt Elisabeth.

Die Hundebüchsen hier wurden den richtigen lebendigen Tieren nachempfunden, sagt ihre Mutter. Aber das ist noch nicht alles, denn die richtigen lebendigen Tiere wurden, wenn sie gestorben waren, manchmal von Tierpräparatoren ausgestopft und danach wieder an dem Bahnhof oder dem öffentlichen Platz, an dem sie gearbeitet hatten, aufgestellt. Man ging also zum Bahnhof, und da saß dann Nip oder Rex oder Bob, tot, ausgestopft, aber immer noch mit der Sammelbüchse um den Hals. Daher kamen die Hunde-Sammelbüchsen, da bin ich mir ganz sicher.

Elisabeth bekommt ein bisschen Angst. Sie denkt nämlich gern, wird ihr klar, ihre Mutter hätte von nichts besonders viel Ahnung.

Derweil treten die Kandidaten auf dem Bildschirm aus der Tür und sind ganz aufgeregt über einen Satz Becher, auf deren Seite die Grundregeln der Finanzpolitik von Abraham Lincoln aufgedruckt sind. Auf dem Bildschirm ist auf der grünen Brache, in der die Halle steht, ein Schmetterling zu erkennen, der hinter den Köpfen der Moderatoren herumfliegt, ein kleiner weißer Zauderer, der von einer Blüte zur nächsten flattert.

Und in erstaunlich gutem Zustand, sagt ein Promi.

Hornsea 1974, sagt ihre Mutter. Der Traum jedes Sammlers.

Mitte der Siebziger, Yorkshire, sagt der Experte, der sie gekauft hat. Das Hornsea-Zeichen für die Serie Amerikanische Präsidenten, der Adler, am Becherboden deutlich erkennbar. Hornsea produzierte ab 1949, nach dem Krieg, erlebte seine Blüte in den Siebzigern und ging vor fünfzehn Jahren in Konkurs. Sieben solche Becher zusammen zu finden ist sehr ungewöhnlich. Der Traum jedes Sammlers.

Siehst du?, sagt ihre Mutter.

Ja, aber du hast die Episode schon gesehen. Da ist es keine Kunst, wenn du weißt, wo die her sind, sagt Elisabeth.

Ich weiß. Ich meinte, ich lerne dazu. Ich meinte, jetzt weiß ich, dass die es sind.

Also, ich schätze, bei dem Los hätte ich bei der Versteigerung die größten Bauchschmerzen, spricht der erste Experte im Off, während man auf dem Bildschirm Bilder der angeschlagenen alten Sammelbüchsen sieht und ein Normalo das rote Mädchen mit der Beinschiene hin und her bewegt, um zu hören, ob noch Geld drinnen ist.

Ich kann mir das nicht mehr ansehen, sagt Elisabeth.

Warum denn?, sagt ihre Mutter.

Ich meine, ich hab genug gesehen. Jede Menge. Danke. Es ist sehr, sehr aufregend, dass du da mitmachen sollst.

Ihre Mutter nimmt den Laptop wieder an sich und zeigt Elisabeth einen Promi, mit dem sie auftreten soll.

Auf dem Bildschirm erscheint die Fotografie einer Frau in den Sechzigern. Elisabeths Mutter schwenkt den Laptop in der Luft.

Guck mal!, sagt sie. Erstaunlich, nicht?

Ich habe nicht die leiseste Ahnung, wer das ist, sagt Elisabeth.

Das ist *Johnnie!*, sagt ihre Mutter. Aus *Call Box Kids!*

Die Frau in den Sechzigern ist anscheinend im Fernsehen aufgetreten, als Elisabeths Mutter noch ein Kind war.

Ich kann es gar nicht fassen, sagt ihre Mutter. Ich kann es nicht fassen, dass ich Johnnie kennenlernen werde. Wenn doch deine Großmutter noch lebte! Wenn ich ihr das erzählen könnte. Wenn ich das mir mit zehn erzählen könnte.

Mit zehn wäre ich glatt gestorben vor Aufregung. Nicht bloß, weil ich sie kennenlerne, sondern weil ich ins Fernsehen komme. Mit Johnnie.

Ihre Mutter dreht den Laptop mit einer aufgerufenen YouTube-Seite in Elisabeths Richtung.

Siehst du?

Ein Mädchen von vielleicht vierzehn in einem karierten Hemd und mit Pferdeschwanz tanzt in einem Fernsehstudio, das als Straße in London hergerichtet ist, und ihr Tanzpartner ist als Telefonzelle kostümiert, so dass es im wahrsten Sinne des Wortes aussieht, als tanze eine öffentliche Telefonzelle mit dem Mädchen. Die Telefonzelle ist für einen Tänzer ziemlich steif, und das Mädchen hat sich auch steif gemacht und passt seine Schritte der Telefonzelle an. Das Mädchen ist heiter und sympathisch, und der Tänzer in dem Telefonzellenkostüm bringt es ziemlich gut hin, so zu tanzen, wie eine Telefonzelle es tun würde. Auf der Straße kommt alles Treiben zum Stillstand, alle Passanten schauen sich den Tanz an. Dann kommt der Telefonhörer an dem geringelten Kabel aus der offenen Tür der Telefonzelle wie die Schlange aus dem Korb, und das Mädchen ergreift ihn, hält ihn sich an den Kopf, und der Tanz endet mit dem Wort, das sie spricht: Hallo?

Ich kann mich sogar noch erinnern, dass ich diese Episode gesehen habe, sagt Elisabeths Mutter. Bei uns im Wohnzimmer. Als ich klein war.

Das ist ja ein Ding, sagt Elisabeth.

Ihre Mutter sieht sich den Film noch mal an. Elisabeth überfliegt auf ihrem Handy die Tageszeitung, um bei den gewöhnlich gewaltigen Veränderungen der letzten halben Stunde auf dem Laufenden zu bleiben. Sie klickt einen Artikel an mit dem Titel Sieh mir in die Augen: Austritt. EU-Kampagne konsultierte TV-Hypnotiseurin. Sie scrollt weiter und überfliegt das Display. *Die Macht zu beeinflussen. Ich kann Sie glücklich machen. Hypnotisches Magenband. Half bei der Gestaltung von Werbung in den sozialen Medien. Sind Sie beunruhigt? Sind Sie besorgt? Ist es nicht Zeit? In TV-Programme einzutauchen kann ebenfalls hypnotisierend sein. Fakten sind nutzlos. Emotionale Bindungen zu anderen. Trump.* Ihre Mutter startet die vierzig Jahre alte Tanznummer zum dritten Mal; die schwungvolle Musik fängt von vorn an.

Elisabeth schaltet ihr Handy aus und holt sich den Mantel aus der Diele.

Ich geh mal ein bisschen an die Luft, sagt sie.

Ihre Mutter, immer noch vor dem Bildschirm, nickt und winkt, ohne herzusehen. Ihre Augen glänzen, vermutlich von Tränen.

Aber es ist so ein schöner Tag.

Elisabeth wandert durchs Dorf und fragt sich, ob auch die Sammelfiguren in Kindergestalt, wenn die Hunde echten Hunden nachempfunden waren, echten Bettlern nachempfunden wurden, kleinen, bettelnden Kindern mit Schieblehren und Büchsen um den Hals. Dann fragt sie sich, ob man wohl je daran dachte, echte Kinder auszustopfen und in Bahnhöfen aufzustellen.

Als sie an dem Haus vorbeikommt, an dem immer noch GO HOME steht, sieht sie, dass jemand in verschiedenen leuchtenden Farben WIR SIND BEREITS ZU HAUSE

BESTEN DANK daruntergeschrieben und neben den Satz einen Baum und eine leuchtend rote Blumenrabatte dazugemalt hat. Es liegen auch richtige Blumen, in Zellophan und Papier eingewickelt, auf dem Gehweg vor dem Haus, wodurch es ein bisschen so aussieht, als hätte sich hier vor kurzem ein Unfall ereignet.

Elisabeth macht ein Foto von dem Baum und den Blumen. Dann verlässt sie das Dorf über den Fußballplatz und geht weiter über die Felder, in Gedanken bei dem Wiesenkerbel und den an die Hauswand gemalten Blumen. Ihr kommt das Bild von Pauline Boty in den Sinn, das Mit Gruß an Jean-Paul Belmondo heißt. Vielleicht lässt sich daraus etwas machen, ob mit Job oder ohne, etwas über Farbe als Sprache, über den Sinn von Farbe in der Natur parallel zu ihrem ästhetischen Sinn, über die wilde Fröhlichkeit der Malerei an dieser Hauswand in düsteren Zeiten, parallel zu dem Geschehen auf einem Bild wie dem von Boty, wo sinnliche Farbe ein zweidimensionales Ich krönt, umgeben von so reinem Orange, Grün und Rot, dass sie wirken wie aus der Tube direkt auf die Leinwand gebracht, und nicht nur durch die Farbe, sondern durch die imaginären Blütenblätter, eine riesige Rose wie das Innere eines Genitals, die den Hut auf dem Kopf des Bilds von Belmondo ganz bedeckt, als solle er tief nach unten gedrückt und zugleich hoch erhoben werden.

Der Wiesenkerbel. Die gemalten Blumen. Botys reine, unverfälschte Rots in der Neuverbildlichung des Bilds. Alles zusammen, was ergibt das? Etwas Sinnvolles?

Elisabeth bleibt stehen und notiert sich etwas auf dem Handy: *Hingabe und Präsenz*, schreibt sie.

Zum ersten Mal seit ziemlich langer Zeit fühlt sie sich wie sie selbst.

Ruhe plus Energie /
Kunst plus Natur /
elektrischer Strom /
natürliche Energie /

Sie blickt auf. Sie ist nur Meter von dem Zaun um das Gemeindeland entfernt, von der anderen Stromleitung.

Der Zaun hat sich seit dem letzten Mal verdoppelt. Wenn ihre Augen sie nicht trügen, ist es jetzt nicht bloß ein Zaun, sondern es sind zwei, parallel.

Stimmt. Hinter der ersten Zaunreihe, ungefähr drei Meter davon entfernt und mit einem planierten Streifen dazwischen, steht ein identischer zweiter Maschendrahtzaun, gekrönt von demselben schändlichen, schikanös aussehenden Stacheldraht. Auch der zweite Zaun ist elektrisch geladen, und als Elisabeth neben der doppelten Zaunreihe entlanggeht, kriegt sie fast einen Anfall von dem Geflimmer des rautenförmig geflochtenen Drahts.

Sie macht ein Foto davon. Dann macht sie noch ein, zwei Bilder von dem Unkraut, das sich durch rings um einen Metallpfosten aufgewühlte Erde bereits wieder ans Licht kämpft.

Sie schaut sich um. Überall das Comeback von Unkraut und Blumen.

Sie folgt dem Zaun ungefähr eine halbe Meile, als ein schwarzer SUV, der auf dem planierten Streifen zwischen den beiden Zaunreihen entlangrollt, neben ihr auftaucht. Der SUV fährt vorbei und hält vor ihr an. Der Motor geht aus. Als Elisabeth auf gleicher Höhe ankommt, wird am Truck das Fenster heruntergelassen. Ein Mann beugt sich heraus. Sie nickt zum Gruß.

Schöner Tag, sagt sie.

Sie können hier nicht langgehen, sagt er.

O doch, sagt sie.

Nickt noch einmal und lächelt dazu, geht weiter. Hinter ihr fährt der Truck wieder los. Auf gleicher Höhe lässt der Fahrer den Motor im ersten Gang tuckern, fährt im Schritttempo neben ihr her.

Das ist privater Grund, sagt er.

Nein, sagt sie. Es ist Gemeindeland. Gemeindeland ist per definitionem nicht privat.

Elisabeth bleibt stehen. Der SUV rollt an ihr vorbei. Der Mann schaltet in den Rückwärtsgang.

Gehen Sie zur Straße zurück, ruft er beim Rückwärtsfahren zum Fenster heraus. Wo ist Ihr Auto? Sie müssen dahin zurück, wo Sie Ihr Auto abgestellt haben.

Das kann ich nicht, sagt Elisabeth.

Warum nicht?

Ich habe kein Auto.

Sie setzt sich wieder in Bewegung. Der Fahrer lässt den Motor aufheulen und fährt an ihr vorbei. Ein paar Meter vor ihr hält er an, schaltet den Motor aus und öffnet die Fahrertür. Als sie bei ihm angelangt ist, steht er neben dem Wagen.

Was Sie tun, ist eine klare Zuwiderhandlung, sagt er.

Wogegen?, sagt Elisabeth. Mir ist nur eins klar: Von hier gesehen sind Sie derjenige, der hinter Gittern ist.

Der Mann knöpft seine Brusttasche auf und zieht ein Handy hervor. Hält es hoch, als wolle er sie fotografieren oder filmen.

Elisabeth zeigt auf die Kameras an den Pfosten.

Haben Sie nicht schon genug Aufnahmen von mir?

Wenn Sie das Areal nicht sofort verlassen, sagt er, werden Sie von der Security zwangsweise entfernt.

Sind Sie denn *nicht* die Security?

Sie zeigt auf das Logo an der Tasche, aus der er das Handy gezogen hat. Dort steht SA4A.

Soll das in Richtung *safer* gehen oder doch eher in Richtung *Sofa*?

Der SA4A-Mann tippt etwas in sein Handy.

Das ist Ihre dritte Verwarnung, sagt er. Sie werden jetzt zum letzten Mal dahingehend verwarnt, dass Maßnahmen gegen Sie ergriffen werden, wenn Sie das Areal nicht sofort verlassen. Sie begehen einen unrechtmäßigen Übertritt.

Im Gegensatz zu einem rechtmäßigen Übertritt?, sagt sie.

Sollten Sie sich noch an der Eingrenzung aufhalten, wenn ich das nächste Mal hier vorbeikomme –

Eingrenzung wovon?, sagt sie.

Elisabeth blickt zu der Landschft hinter dem Zaun und sieht nichts als Landschaft. Menschen sind keine da. Auch keine Gebäude. Da ist nur Zaun, dahinter Landschaft.

– hat das zur Folge, dass rechtliche Schritte gegen Sie eingeleitet werden, sagt der Mann, was dazu führen kann, dass Sie festgenommen werden, Ihre Identität festgestellt und Ihnen eine DNA-Probe abgenommen und gespeichert wird.

Gefängnis für Bäume. Gefängnis für Ginster, für Fliegen, für den Kohlweißling und den Zwerg-Bläuling. Haftanstalt für den Austernfischer.

Wozu sind die Zäune eigentlich da?, sagt sie. Oder dürfen Sie mir das nicht sagen?

Der Mann bedenkt sie mit einem kalten Blick. Er tippt etwas in sein Handy und hält es hoch, um ein Bild von ihr zu machen. Sie lächelt freundlich, wie man es tut, wenn man fotografiert wird. Dann macht sie kehrt und geht neben dem Zaun weiter. Er ruft jemanden an, hört sie, sagt etwas, steigt in seinen SUV und fährt auf dem Mittelstreifen rückwärts. Entschwindet in die entgegengesetzte Richtung.

Die Nesseln sagen nichts. Die Samen an der Spitze der Grashalme sagen nichts. Die weißen Blumen an ihren Stängeln, Elisabeth weiß nicht, was für welche das sind, sagen ihr frisches Nichts.

Die Butterblumen sagen es fröhlich. Der Ginster sagt es unerwartet, ein leuchtend gelbes Nichts, glatt und weich und zart im Vergleich zum stummen grünen Nichts der Dornen.

In der Schule gab es einen Jungen, der ganz versessen darauf war, dass Elisabeth, damals fünfzehn, mit ihm zusammen lachte. (Er wollte auch unbedingt, dass sie es mit ihm machte, haha.) Er war ziemlich cool, sie mochte ihn. Sein Name war Mark Joseph, er war Bassist in einer Band, die anarchische Coverversionen von Oldies aus den frühen Neunzigern spielte. Außerdem war er ein Computergenie und allen anderen weit voraus, und das damals, als die meisten mit dem Begriff Suchmaschine noch nichts anzufangen wussten und alle dachten, mit dem neuen Jahrtausend würden sämtliche Computer auf der Welt zusammenbrechen, wozu Mark Joseph eine lustige Karikatur machte und ins Netz stellte, das Foto einer Tierarztpraxis in derselben Straße wie die Schule mit der Bildunterschrift: Hier klicken, wenn Sie sich vor dem Millennium-Bug schützen wollen.

Jetzt folgte Mark ihr in der Schule auf Schritt und Tritt und überlegte, wie er sie zum Lachen bringen konnte.

Er küsste sie, hinten am Tor zum Schulgelände. Das war nett.

Warum liebst du mich nicht?, hatte er drei Wochen zuvor gefragt.

Ich bin schon verliebt, sagte Elisabeth. In mehr als einen verliebt zu sein ist nicht möglich.

Ein Mädchen aus dem College, Marielle Simi, und Elisabeth, als sie achtzehn war, wälzten sich bekifft auf dem Boden von Elisabeths Zimmer im Studentenwohnheim und lachten über die lustigen Sachen, die Background-Sänger manchmal trällern. Marielle Simi spielte ihr einen alten Song vor, in dem die Background-Sänger achtmal das Wort Onomatopoeia singen müssen. Elisabeth spielte Marielle einen Cliff-Richard-Song vor, in dem die Background-Sänger das Wort Schaf singen müssen. Sie schrien vor Lachen, und dann legte Marielle Simi, die Französin war, den Arm um Elisabeth und küsste sie. Das war nett.

Warum?, sagte sie, Monate später. Ich kapier's nicht. Ich kann es mir nicht erklären. Es ist doch so gut.

Ich kann einfach nicht lügen, sagte Elisabeth. Ich mag den Sex. Ich bin gern mit dir zusammen. Es ist toll. Aber ich muss ehrlich sein. Ich kann dabei nicht lügen.

Wer ist es?, sagte Marielle Simi. Ein Ex? Der dich nicht in Ruhe lässt? Triffst du dich noch mit ihm? Oder ist es eine Sie? Eine Frau? Hast du dich die ganze Zeit, die wir uns treffen, mit ihr oder ihm getroffen?

So eine Beziehung ist es nicht, sagte Elisabeth. Sie ist nicht im Entferntesten körperlich, nie gewesen. Aber es ist Liebe. Ich kann nicht so tun, als wäre es nicht so.

Du benutzt es zur Verleugnung, sagte Marielle Simi.

Schiebst es zwischen dich und deine wahren Gefühle, damit du nichts zu fühlen brauchst.

Elisabeth zuckte mit den Schultern.

Ich fühle eine Menge, sagte sie.

Mit einundzwanzig lernte sie bei der Abschlussprüfung am College Tom MacFarlane kennen. Sie schloss in Kunstgeschichte ab (vormittags), Tom in Betriebswirtschaftslehre (nachmittags). Tom und Elisabeth waren sechs Jahre zusammen gewesen. Er war vor fünf Jahren zu ihr in ihre Mietwohnung gezogen. Sie dachten daran, ihre Beziehung verbindlich zu machen, sprachen über Heirat, darüber, sich ein Haus zu kaufen.

Eines Morgens, als er die Sachen fürs Frühstück auf den Tisch stellte, fragte Tom aus heiterem Himmel:

Wer ist Daniel?

Daniel?, sagte Elisabeth.

Daniel, wiederholte Tom.

Du meinst Mr Gluck?

Keine Ahnung, sagte Tom. Wer ist Mr Gluck?

Ein alter Nachbar meiner Mutter, sagte Elisabeth. Er wohnte nebenan, als ich noch klein war. Ich hab ihn seit Jahren nicht mehr gesehen. Buchstäblich Jahren. Seit einer Ewigkeit. Warum? Ist etwas passiert? Hat meine Mutter angerufen? Ist mit Daniel etwas passiert?

Du hast seinen Namen im Schlaf gesagt, sagte Tom.

Ach? Wann?

Letzte Nacht. Es war nicht das erste Mal. Du sagst ihn ziemlich oft im Schlaf, sagte Tom.

Elisabeth war vierzehn. Sie und Daniel gingen in der

Gegend spazieren, wo der Kanal an die unbebaute Gegend grenzt, wo der Fußweg von ihm abzweigt und hinauf bis zu dem Wäldchen an der Biegung um den Hügel führt. Auf einmal war es eiskalt, obwohl es noch relativ früh im Herbst war. Der Regen nahte, sie sah es, als sie oben auf dem Hügel angelangt waren, er zog über das Land, als schraffierte jemand mit Bleistift den Himmel.

Daniel war außer Atem. So außer Atem kam er sonst nie.

Ich kann es nicht leiden, wenn der Sommer geht und der Herbst kommt, sagte sie.

Daniel fasste sie bei den Schultern und drehte sie herum. Er sagte kein Wort. Doch die ganze Landschaft, die hinter ihnen lag, leuchtete in der Sonne noch blau und grün.

Elisabeth blickte zu ihm auf, als er ihr zeigte, dass der Sommer noch da war.

Niemand sprach wie Daniel.

Niemand schwieg wie Daniel.

Ein Winter ging zu Ende, in dem Fall der Winter 2002/3. Elisabeth war achtzehn. Es war Februar. Sie war nach London gefahren, um bei der Demonstration mitzumachen. Nicht in meinem Namen. Im ganzen Land hatten Menschen dasselbe getan, und weitere Millionen taten es auf der ganzen Welt.

Am Montag darauf wanderte sie durch die Stadt; es war seltsam, durch Straßen zu laufen, in denen das Leben stattfand wie immer, Fahrzeuge und Menschen sich von hier nach dort bewegten, dieselben Straßen, durch die kein Verkehr geströmt war, so dass es sich angefühlt hatte, als gehörten sie den zwei Millionen, von ihren Füßen auf dem Pflaster bis hinauf in den Himmel wegen etwas, was mit der Wahrheit zu tun hatte, als sie erst vorgestern genau dieselbe Strecke gegangen war.

Es war der Montag, an dem sie in der Kunsthandlung in der Charing Cross Road einen alten roten Katalog aufstöberte, ein Hardcover. Er war billig, £3, lag in dem Korb mit den reduzierten Büchern.

Es war der Katalog zu einer Ausstellung vor ein paar Jahren. Pauline Boty, Pop-Art-Künstlerin der Sechziger.

Pauline wer?

Eine britische Pop-Art-Künstlerin?

Wirklich?

Das interessierte Elisabeth, die als eines ihrer Fächer am College Kunstgeschichte belegt und sich einmal mit ihrem Tutor gestritten hatte, als der kategorisch behauptete, eine britische Pop-Künstlerin habe es nicht gegeben, niemals, nicht eine von Wert, weswegen es keine gäbe, die in der Geschichte der britischen Pop-Art mehr als eine Fußnote gewesen wäre.

Die Künstlerin aus dem Katalog hatte Collagen gemacht, Bilder, Arbeiten in Buntglas und Bühnenbilder. Ihre Lebensgeschichte war ein ziemlicher Hammer. Sie war nicht nur Malerin gewesen, sondern auch als Schauspielerin am Theater und im Fernsehen aufgetreten, hatte Bob Dylan in London herumgeführt, bevor irgendwer den Namen Bob Dylan kannte, hatte in einer Radiosendung den Zuhörern erzählt, wie es war, eine junge Frau in der heutigen Welt zu sein, und wäre beinahe für eine Filmrolle besetzt worden, die statt ihrer Julie Christie bekam.

Im Swinging London hatte sie alles vor sich gehabt, und dann war sie, mit achtundzwanzig, an Krebs gestorben. Sie war zum Arzt gegangen, weil sie schwanger war, und bei der Untersuchung wurde der Krebs entdeckt. Sie lehnte eine Abtreibung ab, was bedeutete, dass sie keine Strahlentherapie bekommen konnte, denn die hätte das Kind geschädigt. Sie brachte es zur Welt und starb vier Monate später.

Malignes Thymom war hinten im Katalog unter den Angaben zur Person aufgeführt.

Es war eine traurige Geschichte und kein Vergleich zu den Bildern, die so witzig und fröhlich waren, so voller unerwarteter Farben und Gegenüberstellungen, dass Elisabeth sich, als sie den Katalog auf die Schnelle durchblätterte, beim Lächeln ertappte. Das letzte Bild der Künstlerin zeigte einen großen, schönen weiblichen Arsch, sonst nichts, umrahmt von einem anheimelnden Bühnenportal, als füllte er die gesamte Bühne eines Theaters aus. Darunter stand in riesigen, ausgelassenen, grellroten Großbuchstaben ein Wort.

BUM.

Elisabeth platzte laut heraus vor Lachen.

Was für eine Art, von der Bühne abzutreten.

Die Bilder der Malerin waren voller Verweise auf Zeitgenossen wie Elvis oder Marilyn und Politiker. Nur als Fotografie abgebildet war ein verschollenes Gemälde mit der berühmten Darstellung der Frau, die den nur The Scandal genannten Skandal auslöste und deren Pose, nackt auf einem mit der Lehne nach vorn gedrehten Designerstuhl sitzend, etwas mit der Politik ihrer Zeit zu tun hatte.

Dann hatte Elisabeth den Katalog auf einer Seite aufgeschlagen, auf der ein besonderes Bild zu sehen war.

Das Bild hieß: Ohne Titel (Sonnenblumenfrau), ca. 1963.

Es zeigte eine Frau vor strahlend blauem Hintergrund. Ihr Körper war eine Collage aus gemalten Bildern. Ein Mann, der ein Maschinengewehr auf den Betrachter des Bilds richtete, füllte den Brustkorb aus. Eine Fabrik bildete Arm und Schulter der Frau.

Eine Sonnenblume füllte den Rumpf.

Ein explodierender Zeppelin bildete den Unterleib.

Eine Eule.

Berge.

Bunte Streifen, im Zickzack angeordnet.

Auf der Rückseite des Katalogs befand sich die Schwarzweiß-Reproduktion einer Collage. Sie zeigte eine große Hand, die eine kleine Hand hielt, welche wiederum die große hielt.

Im unteren Bildteil waren zwei Schiffe auf einem Meer und ein kleines Boot voller Menschen.

Elisabeth ging in den Zeitschriftensaal der British Library und ließ sich mit der Septembernummer der Vogue von 1964 an einem Tisch nieder. *FEATURES 9 Spotlight 92 Paola, mustergültige Prinzessin 110 Lebende Puppe: Pauline Boty im Interview mit Nell Dunn 120 Mädchen im Eheglück, von Edna O'Brien.* Neben Werbeanzeigen für den knallroten Young-Jaeger-Mantel, das Parfum Golden Girl Beauty Puff der Firma Goya und dem Bandeau-BH mit Miederhose im geraden Schnitt (ein Freiheitsgefühl für den ganzen Körper) war sie: *Pauline Boty, blond, hochintelligent, 26. Sie ist seit einem Jahr verheiratet, und ihr Mann ist ungemein stolz auf das, was sie erreicht hat, betont, wie viel Geld sie mit ihren Bildern und als Schauspielerin verdient. Sie weiß aus Erfahrung, dass sie in einer Welt lebt, in der weibliche Emanzipation nur eine Parole ist und kein Faktum – sie ist schön, da wird sie wohl nicht klug sein.*

Das ganzseitige Foto von David Bailey zeigte Botys Gesicht in Nahaufnahme mit einem kleinen, auf dem Kopf stehenden Puppengesicht direkt dahinter.

P. B. Ich finde, mein Image ist ein Phantasieprodukt. Ich mache andere wirklich gern glücklich, was bestimmt egoistisch ist, weil sie denken: »Was für ein reizendes Mädchen«, verstehst du? Aber gleichzeitig möchte ich nicht, dass man mir zu nahe kommt, ich meine nicht speziell körperlich, obwohl das auch. Am liebsten ist es mir, wenn ich immer nur irgendwo vorbeirausche und bloß ab und zu da bin. Ich neige stark dazu, eine Rolle zu spielen, die jemand für mich festgelegt hat, vor allem wenn ich andere gerade erst kennenlerne. Einer der Gründe, weswegen ich Clive geheiratet habe, war, dass er mich als Menschen akzeptiert hat, als jemanden mit einem eigenen Kopf.

N. D. Du meinst, für Männer bist du bloß ein hübsches Mädchen?

P. B. Nein. Es ist ihnen einfach peinlich, wenn man zu sprechen anfängt. Viele Frauen haben mehr Verstand als viele Männer. Aber Männer tun sich schwer damit, das anzuerkennen.

N. D. Und wenn du deine Gedanken äußerst, halten sie das für Angeberei?

P. B. Nicht dass du damit angeben willst. Sie finden es einfach ein bisschen peinlich, dass du nicht das Richtige tust.

Elisabeth fotokopierte die Seiten der Zeitschrift. Sie nahm den Katalog der Pauline-Boty-Ausstellung ins College mit und legte ihn ihrem Tutor auf den Tisch.

Oh, richtig, Boty, sagte der Tutor.

Er schüttelte den Kopf.

Tragische Geschichte, sagte er.

Alles in allem verzichtbar, sagte er dann. Schwache Bilder. Nicht besonders gut. Sie war fast wie Julie Christie.

Ein sehr eindrucksvolles Mädchen. Es gibt einen Film über sie, Ken Russell, darin kommt sie etwas exzentrisch rüber, falls ich mich recht erinnere, trägt Zylinder und spielt zusammen mit Shirley Temple, attraktiv und so weiter, das schon, aber ziemlich scheußlich.

Wo finde ich diesen Film?, sagte Elisabeth.

Ich habe nicht die leiseste Ahnung, sagte der Tutor. Sie war hinreißend. Als Malerin aber nur von geringem Interesse. Das Bemerkenswerte in ihren Arbeiten ist alles von Warhol und Blake abgekupfert.

Was ist mit der Art und Weise, wie sie Bilder als Bilder verwendet?, sagte Elisabeth.

Ach Gott, sagte der Tutor, das hat damals absolut jeder gemacht.

Und was hat jede gemacht?, sagte Elisabeth.

Wie bitte?

Was ist zum Beispiel damit?, sagte Elisabeth.

Elisabeth schlug den Katalog auf einer Seite auf, auf der zwei Arbeiten nebeneinander abgebildet waren.

Eins war ein Gemälde mit Darstellungen von Männern aus früherer und heutiger Zeit. Oben sah man ein Flugzeug der US-Airforce vor blauem Himmel. Unten war in Mischfarben das Attentat auf Kennedy in dem Auto in Dallas zu sehen, links und rechts daneben in Schwarzweiß die Köpfe von Lenin und Einstein. Über dem Kopf des sterbenden Präsidenten waren ein Matador, eine dunkelrote Rose, lächelnde Männer in Anzügen und zwei von den Beatles.

Das andere Bild bestand aus einem breiten Streifen mit gemaltem Fleisch vor blau-grüner englischer Landschaft, in der man im Hintergrund sogar einen palladianischen Bau erkennt. Der Streifen in der Mitte bestand aus aneinandergereihten Ansichten halbnackter Frauen in lasziven und koketten Pornoheft-Posen. Das Zentrum der neckisch-verschämten Posen aber bildete, gänzlich unironisiert, direkt und frontal gezeigt, der Körper einer nackten Frau, am Kopf und an den Knien abgeschnitten.

Der Tutor schüttelte den Kopf.

Ich kann hier nichts Neues erkennen, sagte er.

Er räusperte sich.

Stark sexualisierte Bilder findet man in der Pop-Art in rauen Mengen, sagte er.

Was sagst du zu den Titeln?, sagte Elisabeth.

(Die Bilder hießen It's a Man's World I und It's a Man's World II.)

Der Tutor war heftig errötet.

Gibt es, gab es zu der Zeit irgendetwas Vergleichbares von einer Frau?, sagte Elisabeth.

Der Tutor klappte den Katalog zu. Räusperte sich noch einmal.

Warum sollten wir annehmen, dass es hier auf das Geschlecht ankommt?, sagte er.

Genau das frage ich mich auch, sagte Elisabeth. Genau genommen bin ich heute zu dir gekommen, weil ich den Titel meiner Semesterarbeit ändern möchte. Ich möchte über die Verwendung bildlicher Darstellungen in Pauline Botys Werk schreiben.

Das geht nicht, sagte der Tutor.

Warum nicht?

Es ist nicht annähernd genug Material über Pauline Boty vorhanden.

Ich glaube schon, sagte Elisabeth.

Es gibt so gut wie kein kritisches Material, sagte er.

Das ist einer der Gründe, weswegen ich so eine Arbeit für besonders sinnvoll halte, sagte Elisabeth.

Ich bin der Betreuer deiner Arbeit, sagte der Tutor, und wenn ich dir sage, es gibt nicht genug Material, ist es auch so. Du gerätst damit völlig ins Abseits und in eine Sackgasse. Habe ich mich verständlich ausgedrückt?

Dann beantrage ich, einen neuen Betreuer zugeteilt zu bekommen, sagte Elisabeth. Mache ich das bei dir, oder wende ich mich an das Büro der Verwaltung?

Ein Jahr nach dem Gespräch fuhr Elisabeth über die Osterferien nach Hause. Das war, als ihre Mutter über einen Umzug nachdachte, vielleicht an die Küste. Elisabeth hörte sich die Alternativen an und sah in die Unterlagen zu den Häusern, die Immobilienmakler aus Norfolk und Sussex geschickt hatten.

Nachdem sie so lange über Häuser gesprochen hatten, wie es Elisabeth für angemessen hielt, erkundigte sie sich nach Daniel.

Er will sich nicht im Haushalt helfen lassen, sagte ihre Mutter. Essen auf Rädern will er auch nicht. Will nicht, dass ihm jemand mal eine Tasse irgendwas macht oder die Wäsche wäscht oder sein olles Bett frisch bezieht. Es riecht schon streng bei ihm drin, aber wenn man hingeht und seine Hilfe anbietet, drängt er einen, sich zu setzen, macht selber einen Tee, will nichts davon hören, dass jemand wenigstens das für ihn tut. Und das mit mindestens neunzig. Er ist überfordert. Das letzte Mal musste ich einen toten Käfer aus der Tasse fischen, als er mir einen Tee gemacht hat.

Ich geh mal auf einen Sprung zu ihm rüber, sagte Elisabeth.

Oh, hallo, sagte Daniel. Was liest du gerade?

Elisabeth wartete, bis er ihr einen Tee gemacht hatte. Dann zog sie den Ausstellungskatalog, den sie in London gefunden hatte, aus der Tasche und legte ihn auf den Tisch.

Als ich noch klein war, Mr Gluck, ich weiß nicht, ob Sie sich daran erinnern, aber wenn wir spazieren waren, haben Sie mir manchmal Bilder beschrieben. Und ich glaube, einige habe ich schließlich nun doch gesehen.

Daniel setzte die Brille auf. Schlug den Katalog auf. Errötete und wurde dann blass.

O ja, sagte er.

Er blätterte die Seiten durch. Seine Miene erhellte sich. Er nickte. Schüttelte den Kopf.

Sind die nicht schön?, sagte er.

Ich finde sie großartig, sagte Elisabeth. Wirklich überragend. Und thematisch und handwerklich interessant noch dazu.

Daniel drehte eine Abbildung in ihre Richtung, abstrakte Formen in Blau und Rot und Kreise und Bogen in Schwarz, Gold und Pink.

An das hier erinnere ich mich noch sehr genau, sagte er.

Ich hab schon überlegt, Mr Gluck, sagte Elisabeth. Wegen unserer Unterhaltungen und weil Sie die Bilder so gut kannten. Ich meine, sie waren jahrzehntelang verschollen, sind eigentlich erst kürzlich wiederentdeckt worden. Und niemand in der Kunstwelt weiß irgendetwas darüber, ausgenommen, so weit ich das sehe, durch Personen, die sie persönlich gekannt haben. Ich bin in die Galerie gegangen, in der die Bilder ausgestellt waren, vor sieben, acht Jahren war das, und hab nachgefragt und eine Frau kennengelernt, die jemanden kannte, der Boty früher ein bisschen kannte. Die Frau hat mir erzählt, ihre Bekannte bricht noch heute, fast vierzig Jahre später, manchmal in Tränen aus, wenn sie an ihre Freundin denkt. Und da kam ich darauf, es fiel mir einfach so ein, dass Sie Boty vielleicht auch gekannt haben.

Meine Güte, sagte er. Sieh dir das an.

Er war immer noch bei dem abstrakten blauen Bild mit dem Titel Gershwin.

Bis heute wusste ich nicht, dass sie es so genannt hat, sagte er.

Und wenn man sich die Fotos von ihr ansieht, sagte Elisabeth. Sie war so unglaublich schön. Und was ihr passiert ist, ist so traurig. Und dann die traurigen Dinge, die nach ihrem traurigen Tod geschehen sind, mit ihrem Mann und später mit ihrer Tochter, einfach eine Tragödie nach der anderen, nicht auszuhalten, wie traurig –

Daniel gebot ihr mit einer Handbewegung zu schweigen, hob die andere Hand, hatte beide oben, ein Stoppzeichen.

Schweigen.

Er sah wieder ins Buch, das zwischen ihnen auf dem Tisch lag. Blätterte zu der Seite mit der Abbildung der Frau, die aus Flammen bestand, und dem abstrakten Bild mit dem leuchtenden Gelb, Rot, Rosa, Blau und Weiß ihr gegenüber.

Sieh dir das an, sagte Daniel.

Er nickte.

Die sind wirklich was.

Er blätterte den ganzen Katalog durch, Seite um Seite. Dann klappte er das Buch zu und schob es auf dem Tisch zurück. Sah zu Elisabeth auf.

Es hat sehr viele Männer und Frauen in meinem Leben gegeben, auf deren Liebe ich gehofft, deren Liebe ich gewollt habe. Selber habe ich so aber nur einmal geliebt. Und es war kein Mensch, in den ich mich verliebt habe. Nein, kein Mensch.

Er klopfte auf die Vorderseite des Buchs.

Es ist möglich, sagte er, nicht einen bestimmten Menschen zu lieben, sondern dessen Sichtweise. Ich meine die Art, wie Augen, die nicht die eigenen sind, einem zeigen, wo man ist und wer man ist.

Elisabeth nickte, als verstünde sie ihn.

Kein Mensch.

Ja, und der Zeitgeist der Sechziger, sagte sie, ist –

Daniel hob erneut die Hand und unterbrach sie.

Wir müssen die Hoffnung haben, sagte er, dass die Menschen, die uns lieben und uns ein wenig kennen, uns letztlich wirklich so gesehen haben, wie wir sind. Auf viel mehr kommt es letztlich nicht an.

Doch Elisabeth kroch eine Kälte in die Glieder und verhalf ihr zu Klarheit, wie ein Fensterputzer die seifige Scheibe mit seiner Gummilamelle von oben nach unten abzieht.

Daniel nickte, den Blick mehr in den Raum als auf Elisabeth gerichtet.

Das ist die einzige Verantwortung, die die Erinnerung hat, sagte er. Aber natürlich sind Erinnerung und Verantwortung einander fremd. Sie wissen einer nichts vom anderen. Die Erinnerung geht immer ziemlich rücksichtslos, wohin sie will.

Elisabeth dürfte ausgesehen haben, als hörte sie zu, in ihrem Kopf aber ertönte ein hohes Pfeifen, und das durch ihren Körper fließende Blut übertönte alles andere.

Kein Mensch.
Daniel ist nicht –
Daniel hat nie –
Daniel hat nie erfahren –

Sie trank den Tee. Verabschiedete sich. Ließ das Buch auf dem Tisch liegen.

Er kam ihr in die Diele nachgehumpelt und hielt es ihr hin, als sie gerade die Haustür entriegelte.

Das hab ich mit Absicht dagelassen, für Sie, sagte Elisabeth. Ich dachte, es gefällt Ihnen vielleicht. Ich brauche es nicht mehr. Meine Arbeit hab ich abgegeben.

Er schüttelte den greisen Kopf.

Behalt du es, sagte er.

Die Tür hinter ihr ging zu.

Es war einer der Tage in einer Woche in einer Jahreszeit in einem der Jahre, vielleicht 1949, vielleicht 1950 oder 1951, in dem Dreh jedenfalls.

Christine Keeler, die knapp zehn Jahre später berühmt sein und willentlich oder unwillentlich zu den gewaltigen Umwälzungen beitragen sollte, die sich in den Sitten der Klassen und den sexuellen Konventionen in den Sechzigern vollzogen, war ein kleines Mädchen und spielte mit ein paar Jungs unten am Fluss.

Sie buddelten einen Gegenstand aus Metall aus der Erde aus. An einem Ende wird er rund, am anderen spitz gewesen sein.

Eine kleine Bombe wird ungefähr so groß gewesen sein wie der Oberkörper eines Kindes. Sie wussten, dass es eine Bombe war, und nahmen sie deshalb mit nach Hause, um sie dem Vater eines Jungen zu zeigen. Der hatte vermutlich in der Armee gedient und wusste, was damit zu tun war.

Die Bombe, die unter der Erde gelegen hatte, war dreckig, weshalb sie sie erst mal abputzten, vielleicht mit nassem Gras und den Pulloverärmeln. Dann trugen sie sie abwechselnd bis zu ihrer Straße. Zweimal ließen sie sie fallen. Als das passierte, rannten sie weg wie verrückt, falls das Ding hochging.

Sie brachten sie zum Haus des Jungen. Sein Vater kam heraus, um nachzuschauen, was der Kinderauflauf vor dem Haus sollte.

Ach herrje.

Die britische Luftwaffe rückte an. Sie holte alle Bewohner dieser Straße aus ihren Häusern und danach alle Bewohner in allen Straßen ringsherum.

Am nächsten Tag lasen die Kinder ihre Namen in der Lokalzeitung.

Die Geschichte steht in einem der Bücher, die sie über ihr Leben schrieb. Hier folgt noch eine. Christine Keeler war noch keine zehn, als sie einmal für eine Zeitlang in ein Kloster geschickt wurde. Eine Gutenachtgeschichte, die die Nonnen den kleinen Mädchen dort erzählten, handelte von einem kleinen Jungen namens Rastus.

Rastus ist in ein kleines weißes Mädchen verliebt. Doch das kleine weiße Mädchen wird krank, und es sieht so aus, als würde es sterben. Jemand sagt Rastus, wenn das Laub von dem Baum vor ihrem Haus gefallen ist, wird sie tot sein. Deshalb sucht Rastus alle Schnürsenkel zusammen, die er finden kann. Vielleicht trennt er auch seinen Pullover auf und zerschneidet die aufgetrennte Wolle. Er braucht viele kleine Stücke. Er klettert auf den Baum vor dem Haus des Mädchens und bindet die Blätter an den Ästen fest.

Eines Nachts aber weht ein stürmischer Wind sämtliche Blätter vom Baum.

(Vierzig Jahre vor Christine Keelers Geburt, vermutlich aber in der Zeit, in der viele Nonnen, die kleinen Mädchen in ihrer Obhut solche Geschichten erzählten, ihrerseits heranwuchsen oder junge Erwachsene waren, war Rastus ein populärer Name bei schwarz geschminkten weißen Darstellern in Minstrel-Shows. Es wurde ein Rollenname, ein rassistisches Kürzel für einen Schwarzen, und kam in alten Filmen und in der Literatur der Jahrhundertwende vor, in allen Formen früherer Unterhaltungsmedien.

In den Vereinigten Staaten wurde mit der Rastus genannten Gestalt eines Schwarzen vom Beginn des zwanzigsten Jahrhunderts bis in die zwanziger Jahre für Frühstücksflocken der Marke Cream of Wheat geworben. Auf sämtlichen Fotografien trug er eine Kochmütze und eine Kochjacke, und auf einer Abbildung bleibt ein Schwarzer, betagt, weißer Bart und Stock, stehen und sieht sich ein Bild von Rastus auf einem Plakat mit dem Slogan *Cream of Wheat für Ihr Frühstück* an. Die Unterzeile lautet: »*Ich schätz ma, er is der bekannteste Mensch auf der Welt*.«

Mitte der zwanziger Jahre ersetzte Cream of Wheat den Rollennamen Rastus durch einen neuen Rollennamen – Frank L. White –, auch wenn die Abbildungen auf den Plakaten und Werbebildern nahezu unverändert blieben. Frank L. White lebte wirklich, und sein Gesicht auf einem Foto, aufgenommen um 1900, als er Koch in Chicago war, wurde zum gängigen Werbebild für Cream of Wheat. Es ist nirgendwo dokumentiert, ob White für die Verwendung seines Konterfeis jemals bezahlt wurde.

Er starb 1938.

Es sollte noch siebzig Jahre dauern, bis sein Grab einen offiziellen Grabstein erhielt.

Zurück zu Christine Keeler.)

In den verschiedenen Büchern, die sie mit Ghostwritern verfasst hat, erzählt sie noch eine andere Geschichte.

Die hier stammt aus einer anderen Zeit in ihrer Kindheit. Sie handelt von dem Tag, an dem Christine eine Feldmaus fand. Sie nahm sie mit nach Hause und wollte sie behalten.

Der Mann, zu dem sie Dad sagte, tötete die Maus. Das tat er, indem er sie zertrat, vermutlich vor Keelers Augen.

Daniel schläft, genau wie alle anderen Male auch.

Für die Angestellten hier ist er vielleicht nur ein Bettlägeriger mehr, den sie annehmbar sauberhalten. Sie geben Daniel immer noch Flüssigkeit, haben Elisabeth aber schon mitgeteilt, dass sie gern mit ihrer Mutter sprechen und klären wollen, ob sie die Rehydrierung einstellen sollen oder nicht.

Ich möchte, meine Mutter und ich möchten hundertprozentig, vor allem meine Mutter möchte es, dass sie ihm weiter Flüssigkeit geben, sagte Elisabeth, als sie gefragt wurde.

Die Maltings Care Providers AG ist sehr an einem Treffen mit Ihrer Mutter interessiert, teilt die Frau am Empfang Elisabeth beim Eintreffen mit.

Ich sage es ihr, sagt Elisabeth. Sie meldet sich.

Die Frau sagt, sie möchten Elisabeths Mutter gegenüber so behutsam wie möglich ihre Besorgnis zur Sprache bringen, dass die finanziellen Mittel zum Ausgleich des Unterbringungs- und Pflegepakets für Mr Gluck bei der Maltings Care Providers AG in Kürze erschöpft sein werden.

Wir melden uns sehr bald bei Ihnen, ganz bestimmt, sagt Elisabeth.

Die Frau am Empfang wendet sich wieder ihrem iPad zu, auf dem sie eine Krimiserie in der Mediathek angehalten hat. Elisabeth schaut für einen kurzen Moment auch auf den Bildschirm. Eine Frau in Polizeiuniform wird von einem jungen Mann in einem Auto überfahren. Er fährt auf der Straße über sie drüber, dann noch einmal. Und dann ein drittes Mal.

Elisabeth geht in Daniels Zimmer und setzt sich an sein Bett.

Sie geben ihm definitiv noch Flüssigkeit.

Eine Hand ist unter der Decke hervorgekommen und liegt an seinem Mund. Die Infusionsnadel steckt im Handrücken, daneben ist mit einem Pflaster der Schlauch befestigt. (In Elisabeths Brust reißt eine dünne feine Saite, als sie dieses Pflaster und die Nadel sieht.) Daniel fasst sich, noch im Tiefschlaf, an die Oberlippe, streift sie aber nur leicht, wie man es täte, wenn man sich Brotkrümel oder Croissantkrümel abwischt. Es ist, als wollte er so unauffällig wie möglich prüfen oder sich vergewissern, dass er noch einen Mund oder noch Gefühl in den Fingern hat. Danach verschwindet die Hand wieder unter der Decke.

Elisabeth riskiert einen Blick auf das Kurvenblatt, das unten an Daniels Bett festgeklemmt ist, auf die Diagramme mit den Einträgen zu Temperatur und Blutdruck.

Auf der ersten Seite des Kurvenblatts steht, dass Daniel hundertundein Jahre alt ist.

Elisabeth lacht in sich hinein.

(Ihre Mutter: *Wie alt sind Sie denn, Mr Gluck?*

Daniel: *Nicht annähernd so alt, wie ich zu werden gedenke, Mrs Demand.*)

Heute sieht er aus wie ein Senator im alten Rom, der schlafende Kopf edel, die Augen geschlossen und glatt wie die einer Statue, die Augenbrauen ein bloßer Hauch von Frost.

Es ist ein Privileg, jemandem beim Schlafen zuzusehen, sagt sich Elisabeth. Ein Privileg, Zeuge zu sein, wenn jemand da ist und nicht da ist. In die Abwesenheit eines anderen aufgenommen zu sein ist eine Ehre und verlangt Stille. Verlangt Respekt.

Nein. Es ist fürchterlich.

Verflucht fürchterlich.

Es ist fürchterlich, buchstäblich auf der anderen Seite seiner Augen zu sein.

Mr Gluck, sagt sie.

Sie sagt es leise, dicht vor seinem linken Ohr.

Zweierlei. Ich bin mir nicht sicher, was ich wegen des Geldes unternehmen soll, das Sie hier bezahlen müssen. Möchten Sie, dass ich deswegen etwas unternehme? Und das andere: Die wollen wissen, ob sie Ihnen weiter Flüssigkeit geben sollen. Wollen Sie noch Flüssigkeit haben?

Müssen Sie gehen?

Wollen Sie bleiben?

Elisabeth verstummt. Sie entfernt sich wieder von Daniels schlafendem Kopf, setzt sich auf.

Daniel atmet ein. Dann atmet er aus. Dann setzt das Atmen lange aus. Dann fängt es wieder an.

Eine Pflegerin kommt herein. Sie wischt das Gestell des Betts mit Reinigungsmittel ab, dann das Fensterbrett.

Das ist mal ein Gentleman, sagt sie mit dem Rücken zu Elisabeth.

Sie dreht sich um.

Was hat er in seinem so langen Leben getan? Nach dem Krieg, meine ich.

Elisabeth wird klar, dass sie keine Ahnung hat.

Er hat Songs geschrieben, sagt sie. Und ist in meiner Kindheit oft als Babysitter eingesprungen. Als ich noch klein war.

Wir haben alle gestaunt, sagt die Pflegerin, als er uns das vom Krieg erzählt hat, als er interniert war. Er war ja eigentlich Engländer, aber er ist mit seinem alten Vater, dem Deutschen, mit da reingegangen, obwohl er hätte draußen bleiben können, wenn er gewollt hätte. Und dass er seine Schwester hier herüberholen wollte, es aber nicht durfte.

Einatmen.

Ausatmen.

Lange Pause.

Das hat er Ihnen erzählt?, sagt Elisabeth.

Die Pflegerin summt eine Melodie. Sie wischt die Türklinke ab, dann die Türränder, greift nach einem langen Stab aus weißem Plastik mit einem flauschigen, eckigen weißen Ende und fährt damit über den oberen Türrahmen und den Lampenschirm.

Davon hat er uns nie etwas gesagt, uns nicht, sagt Elisabeth.

In der Familie ist das oft so, sagt die Pflegerin. Es ist leichter, mit jemandem zu sprechen, den man nicht kennt. Er und ich haben oft einen Schwatz gehalten, als er noch da war. Einmal hat er etwas sehr Gutes gesagt. Wenn der Staat nicht human ist, hat er gesagt. Wir haben uns über die Abstimmung unterhalten, sie stand kurz bevor, ich hab seitdem viel darüber nachgedacht. Dann sind die Leute Futter, hat er gesagt. Vernünftiger Mann, Ihr Großvater. Klug.

Die Pflegerin lächelt ihr zu.

Es ist lieb, dass Sie das tun, herkommen und ihm vorlesen. Sehr aufmerksam.

Die Pflegerin schiebt ihren kleinen Trolley hinaus. Elisabeth betrachtet ihren breiten Rücken, als sie geht, sieht, wie stark der Stoff des Overalls dort und unter den Armen spannt.

Ich weiß nichts, nichts im Grunde über irgendwen.

Vielleicht tut das niemand.

Einatmen.

Ausatmen.

Lange Pause.

Elisabeth schließt die Augen. Dunkel.

Sie öffnet die Augen wieder.

Schlägt aufs Geratewohl ihr Buch auf. Beginnt von der aufgeschlagenen Stelle an zu lesen, diesmal aber laut, liest Daniel vor: *Seine Schwestern, die Quellnymphen, trauerten um ihn und schnitten sich das Haar ab im Gedenken an ihren Bruder. Die Waldnymphen trauerten ebenfalls um ihn, und Echo sang den Kehrreim zu ihrer Klage.*

Der Scheiterhaufen wurde gerichtet, die Wurffackeln und die Bahre, sein Leib aber war unauffindbar. Anstelle des Leichnams fanden sie eine Blume mit einem Kreis weißer Blätter rings um eine gelbe Mitte.

Auf dem hier bin ich dreizehn, sagte ihre Mutter. Ferien am Meer. Wir waren jedes Jahr dort. Das ist meine Mutter. Mein Vater.

Der Nachbar von nebenan saß bei ihnen im Wohnzimmer.

Es war kurz nachdem Elisabeth ihm erzählt hatte, sie hätte eine Schwester. Jetzt machte sie sich Sorgen, dass der Nachbar das womöglich ausplauderte und ihre Mutter nach der anderen Tochter fragte.

Bis jetzt hatte er kein Wort darüber verloren.

Er schaute sich die Familienfotos ihrer Mutter an der Wohnzimmerwand an.

Die sind, sagte er, absolut hinreißend.

Ihre Mutter hatte nicht einfach bloß Kaffee gemacht, sondern ihn in den guten Tassen gemacht.

Entschuldigung, Mrs Demand, sagte der Nachbar. Ich meine, die Fotos sind wunderschön. Aber die Blechschilder, die sind eine Wucht.

Eine was, Mr Gluck?, sagte ihre Mutter.

Sie stellte die Kaffeetassen auf den Tisch, kam herüber und sah es sich an.

Sagen Sie bitte Daniel, sagte der Nachbar.

Er zeigte auf das Bild.

Oh, sagte ihre Mutter. Die. Ja.

Auf einem der alten Fotos waren hinter ihrer Mutter als Kind Reklametafeln mit Werbung für Eis am Stiel zu sehen. Davon sprachen die beiden.

6 Pence, sagte ihre Mutter. Ich war noch sehr klein, als die Umstellung aufs Dezimalsystem kam. An die schweren Pennys erinnere ich mich aber. An die Halbkronen.

Sie redete ein bisschen zu laut. Der Nachbar, Daniel, merkte es entweder nicht oder störte sich nicht daran.

Achten Sie mal auf diese Ecke in dunklem Rosa auf dem hellen Rosa, sagte Daniel. Und das hier, das Blau und wie der Schatten dunkler wird, wo sich die Farbe verändert.

Ja, sagte ihre Mutter. Zoom. Klasse.

Daniel setzte sich neben die Katze.

Wie heißt sie?, fragte er Elisabeth.

Barbra, sagte Elisabeth. Nach der Sängerin.

Der Sängerin, die ihre Mutter so gern hört, sagte ihre Mutter.

Daniel zwinkerte Elisabeth zu und sagte, aber leise, zu ihr nach unten gesprochen, als wäre es ein Geheimnis, das ihre Mutter, die inzwischen zum CD-Regal gegangen war und die CDs durchsah, nicht hören sollte, als sollte es unter ihnen bleiben,

nach der Sängerin, die in einem Konzert mal ein Lied gesungen hat, für das ich, ob du's glaubst oder nicht, den

Text geschrieben habe. Ich wurde sehr großzügig bezahlt. Sie hat es aber nie aufgenommen. Sonst wäre ich heute Millionär. Reich genug, um durch die Zeit zu reisen.

Können Sie singen?, sagte Elisabeth.

Kein bisschen, sagte Daniel.

Würden Sie *gern* durch die Zeit reisen?, sagte sie. Falls das ginge, meine ich, und man wirklich durch die Zeit reisen könnte?

Sogar sehr gern, sagte Daniel.

Warum?

Durch die Zeit reisen *kann* man, sagte Daniel. Das tun wir ständig. Von einem Augenblick zum nächsten, von einer Minute zur nächsten.

Er sah Elisabeth an und riss die Augen weit auf, schob die Hand in die Tasche, zog eine Zwanzigpencemünze hervor und hielt sie vor Barbra der Katze in die Luft. Dann machte er irgendetwas mit seiner anderen Hand – und die Münze war weg! Er hatte sie zum Verschwinden gebracht!

Der Song darüber, dass die Liebe ein bequemer Sessel war, erfüllte den Raum. Barbra die Katze schaute immer noch ungläubig auf Daniels leere Hand. Sie hob beide Vorderpfoten, legte sie an die Hand und schob die Nase hinein, suchte nach der fehlenden Münze. Ihr Katzengesicht war voller Staunen.

Du siehst, es steckt tief in unserer animalischen Natur, sagte Daniel. Nicht zu sehen, was direkt vor unseren Augen geschieht.

Der Oktober ist ein Wimpernschlag. Die Äpfel, die eben noch den Baum beschwerten, sind gepflückt, die Blätter sind gelb und werden dünner. Der Frost hat Millionen von Bäumen im ganzen Land mit einem Schnips zum Leuchten gebracht. Die Bäume, die nicht immergrün sind, changieren zwischen schön und schäbig, die Blätter rot-orange-gold, dann braun und ab.

Die Tage sind unerwartet mild. So weit vom Sommer entfernt fühlt es sich gar nicht an, wäre da nicht die Unterseite des Tages, das leise Anschleichen des Dunkels und die Feuchte an seinen Säumen, die Gelassenheit der Pflanzen beim Einrollen, der Niederschlag, der in Tropfen an den Webfäden zwischen ihnen hängt.

An den warmen Tagen kommt es einem falsch vor, dass so viele Blätter fallen.

Die Nächte aber sind kühl bis kalt.

Die Spinnen in den Schuppen und Häusern bewachen ihre Eierkokons unter den Dachvorsprüngen.

Die Eier für die Schmetterlinge des kommenden Jahres

sind auf den Unterseiten der Grashalme verstaut, sprenkeln die tot aussehenden Halme auf Brachen, tarnen sich unsichtbar auf den struppig aussehenden Büschen und Zweigen.

Drei

Hier ist eine alte Geschichte, so neu, dass sie sich gerade erst zuträgt, sich in diesem Moment fortschreibt, ohne zu wissen, wohin und zu welchem Ende. Ein alter Mann schläft in einem Bett in einer Pflegeeinrichtung, in Rückenlage, der Kopf von einem Kissen gestützt. Sein Herz schlägt, und das Blut strömt durch seinen Körper, er atmet ein und aus, schläft und ist wach und ist nichts als ein abgerissenes Stück Blatt auf einem fließenden Bach, grüne Adern und Blattgewebe, Wasser und Strömung, Daniel Gluck wirft seine Sinne ab, seine Zunge ein breites grünes Blatt, Blätter sprießen aus seinen Augenhöhlen, Blätter höckern (sehr gutes Wort dafür) aus seinen Ohren, Laub rankt sich durch seine Nasenhöhlen und heraus und herum, bis er ganz in Laub gehüllt ist, Blatthaut, erleichtert.

Und jetzt ist er hier, sitzt neben seiner kleinen Schwester!

Aber wie seine kleine Schwester heißt, ist ihm im Moment entfallen. Das überrascht ihn doch. Es ist eins der Wörter, die ihm sein Leben lang immer lieb und teuer waren. Macht nichts. Sie sitzt hier neben ihm. Er dreht den Kopf, und sie ist da. Es ist unerträglich schön, sie zu sehen! Sie sitzt neben der Malerin, derselben, die ihm so oft einen Korb gegeben hat, tja, so ist das Leben, er hat noch den Geruch des Parfums in der Nase, das die Malerin trug, Oh! de London, frisch, blumig, holzig, als er sie kennenlernte, und dann wurde sie älter und ernster und trug Rive Gauche, das riecht er auch noch.

Beide, seine Schwester und die Malerin, beachten ihn nicht. Das ist nichts Neues. Sie unterhalten sich mit einem Mann, den er nicht kennt, jung, langes Haar, ernsthaft wirkend, der alte Kleider trägt, die von früher sind oder vielleicht aus dem Kostümfundus unter der Theaterbühne stammen; der Mann zupft die breite Manschette an seinem Handgelenk zurecht, spricht davon, dass er ein Stoppelfeld lieber mag als *das kühle Grün des Frühlings*, sagt er. Seine Schwester und die Malerin stimmen ihm zu, und Daniel wird ein bisschen eifersüchtig, merkt er, *ein Stoppelfeld strahlt auf dieselbe Weise Wärme aus*, sagt der junge Mann, an die Malerin gewandt, *wie manche Bilder Wärme ausstrahlen*, sie nickt, *ohne meine Augen*, sagt sie, hell und funkelnd die Stückchen ihrer Stimme, *existiere ich nicht*.

Er will seine kleine Schwester auf sich aufmerksam machen.

Stupst sie am Ellbogen.

Sie beachtet ihn nicht.

Er will ihr aber etwas sagen, wartet seit über sechzig Jahren auf die Gelegenheit, seit es ihm eingefallen ist, und jedes Mal, wenn er seither wieder daran gedacht hat, wünscht er sich, sie lebte noch, und sei es bloß für eine halbe Minute. Sie würde das sehr interessant finden. (Er möchte sie auch damit beeindrucken, dass er überhaupt darauf gekommen ist.) Kandinsky, sagt er. Paul Klee, ich bin mir sicher. Sie machen die ersten Bilder, die je davon gemacht wurden. Eine völlig neue Art der Landschaftsmalerei. Sie bringen die Ansicht aufs Bild, wie sie sich vom Innern des Auges bietet, und genau in dem Moment, wenn die Migräne ausbricht!

Seine kleine Schwester ist anfällig für Migräne.

Ich meine, die vielen knallgelben, die rosa und die schwarzen Dreiecke, die an den Kurven und Linien pochen.

Seine kleine Schwester seufzt.

Jetzt sitzt er auf dem Fensterbrett bei ihr im Zimmer. Sie ist zwölf. Er ist siebzehn, viel älter als sie. Warum also fühlt er sich unterlegen? Seine kleine Schwester ist klug. Sie sitzt an ihrem Schreibtisch, in ein Buch vertieft, halb aufgeschlagene Bücher sind über den ganzen Tisch, über den Boden und das Bett verteilt. Sie liest gern, liest unentwegt, und am liebsten liest sie mehrere Sachen gleichzeitig; dadurch werden so viele Perspektiven und Dimensionen sichtbar, sagt sie. Den ganzen Sommer gehen sie sich schon dauernd an die Gurgel. Er und sein Vater sind morgen wieder weg, in die Schule, nach England, wo er auch nicht richtig hingehört. Er möchte nett sein. Sie beachtet ihn nicht. Je netter er ist, desto mehr verachtet sie ihn. Von ihr verachtet zu werden ist neu. Im vorigen Jahr und in den Jahren davor war er noch ihr Held. Im vorigen Jahr mochte sie es noch, wenn er Witze erzählte und die Münzen verschwinden ließ. Dieses Jahr verdreht sie die Augen. Die Stadt, so alt sie ist, ist irgendwie auch neu und sonderbar. Nichts hat sich verändert, aber alles ist anders. Der Duft derselben alten Bäume liegt in der Luft, die Atmosphäre ist sommerlich-heiter. Dieses Jahr jedoch ist die Heiterkeit eine unverhohlene Drohung.

Gestern hat sie ihn erwischt, als er tränenüberströmt in seinem Zimmer saß. Sie machte die Tür auf. Er schickte sie weg. Sie ging nicht, blieb in der Tür stehen. Was ist los?, sagte sie. Hast du Angst? Er verneinte. Tischte ihr eine unverhohlene Lüge auf, sagte, er hätte an Mozart gedacht, der noch so jung war, als er starb, und völlig verarmt, seine Musik hingegen so unbeschwert, das hätte ihn zu Tränen gerührt. Verstehe, sagte sie in der Tür. Sie wusste ganz genau, dass er log. Nicht dass Mozart ihn nicht zum Weinen bringen könnte und es oft auch tut mit seinen süßen hohen Tönen, die sich, obwohl er so etwas Unsägliches niemals vor einem anderen aussprechen würde, schon gar nicht vor seiner kleinen Schwester, wie kleine Orgasmen anfühlen. Und in Wahrheit? Denn darüber hatte er in dem Moment ja nicht geweint. Na komm, Sommerbruder (so nannte sie ihn neuerdings, als wäre er nicht immer ihr Bruder, nur im Sommer), sagte sie und trommelte mit den Fingern an den Türrahmen. Deswegen muss man doch nicht weinen.

Heute blickt sie von ihrem Schreibtisch auf und gibt sich überrascht, dass er immer noch da ist.

Ich geh gleich, sagt er.

Bleibt aber dort auf dem Fensterbrett sitzen.

Statt dazusitzen und Untergangsstimmung zu verbreiten, sagt sie, kannst du dich nicht nützlich machen? Statt so.

Wie denn, so?, sagt er.

Vergeht der Ruhm der Welt, sagt sie. Haha.

Sie ist unausstehlich. Er hasst sie.

Sitz nicht bloß da rum wie eine Marionette ohne Fäden, sagt sie. Sei anwesend. Tu was. Erzähl mir was.

Was denn?

Keine Ahnung, sagt sie. Ist doch egal. Irgendwas. Erzähl mir, was du gerade liest.

Ach, ich lese so vieles, sagt er.

Sie weiß, er liest gar nichts. Sie ist diejenige, die liest, nicht er.

Erzähl mir irgendwas von dem vielen, was du liest, sagt sie.

Sie will ihn demütigen, erstens wegen seiner Gefühle, zweitens, weil er nicht liest wie sie.

Aber es gibt eine Geschichte, die sie in der Schule lesen mussten, in Französisch. Das wird reichen.

Genau genommen, sagt er, lese ich gerade die weltberühmte Geschichte von dem historischen alten Mann, der zufällig im Besitz einer Ziegenhaut ist, die Zauberkräfte verleiht. Weil er aber schon so alt ist, fast so alt wie die Legende selber, hat er nicht mehr lange zu leben –

Weil Menschen keine Legenden sind, sondern Sterbliche, sagt sie.

Mhm, macht er.

Sie lacht.

Und er möchte die Ziegenhaut mit den Zauberkräften an jemanden weitergeben, sagt er.

Warum das denn?, sagt sie.

Sein Denken setzt aus. Er hat keine Ahnung, was der Grund dafür ist.

Damit die Zauberkräfte nicht verloren gehen, sagt er. Damit, ähm –

Wo ist er überhaupt selber an die Ziegenhaut gekommen?, sagt sie.

Ihm fällt nichts ein. Er hat im Unterricht nicht richtig zugehört.

Gab es einmal eine Zauberziege?, sagt sie. Am Rand einer Klippe? Eine, die aus beliebiger Höhe und in jede Richtung springen konnte und trotzdem immer auf ihren zarten Hufen gelandet ist? Oder musste sie enthäutet werden, und die Haut erhielt die Zauberkräfte erst *nach* dem Opfer, wegen des Opfers?

Seine kleine Schwester kennt die Geschichte nicht mal und hat sich schon eine ausgedacht, die besser ist als die, an die er sich zu erinnern versucht.

Also?, sagt sie.

Die Ziegenhaut mit der Zauberkraft, sagt er, war, na ja, sie war der Einband um eins der ältesten und mächtigsten Zauberbücher des alten Mannes und deshalb seit Hunderten und Aberhunderten von Jahren mit Zauberkraft getränkt. Genau deswegen hat er die Haut ja abgezogen, damit er sie weitergeben konnte.

Und warum gibt er *genau deswegen* nicht gleich das ganze Buch weiter?, sagt seine kleine Schwester.

Sie hat sich am Schreibtisch zu ihm umgewandt, ihre Miene halb Spott, halb Zuneigung.

Das weiß ich nicht, sagt er. Ich weiß nur, dass er die Haut

weitergeben wollte. Er sucht also einen jungen Mann, dem er sie geben kann.

Warum einen jungen Mann?, sagt seine kleine Schwester. Warum entscheidet er sich nicht für eine junge Frau?

Schau, sagt er. Ich erzähle dir nur, was ich gelesen habe. Der alte Mann sagt also zu dem jungen: Hier. Nimm diese Ziegenhaut, sie hat Zauberkräfte. Behandle sie mit Respekt. Sie ist sehr mächtig. Wenn sie etwas bewirken soll, machst du Folgendes: Du legst die Hand darauf und wünschst dir etwas. Dann geht dein Wunsch in Erfüllung. Er verriet dem jungen Mann aber nicht, dass die Zauberhaut bei jedem Wunsch, den sie erfüllt, kleiner wird, dass sie einläuft, und zwar in dem Maß, wie klein oder groß der Wunsch ist, den sie erfüllen soll. Und so wünschte sich der junge Mann etwas, und es wurde ihm erfüllt, und er tat es noch einmal, und auch der Wunsch wurde ihm erfüllt. Er hatte ein Leben, in dem ihm das Glück immer hold war, weil er seine Wünsche der Zauberhaut auftrug. Es kam aber der Tag, an dem die Ziegenhaut mit den Zauberkräften so zusammengeschrumpelt war, dass sie nicht einmal mehr seinen Handteller ausfüllte. Da wünschte er sich, dass sie größer wurde, und sie erfüllte ihm den Wunsch, wurde größer und größer, mindestens so groß wie die Welt, und als sie Weltgröße erreicht hatte, löste sie sich in Luft auf.

Seine kleine Schwester verdrehte die Augen.

Und das war der Moment, in dem der junge Mann, inzwischen etwas älter geworden, allerdings noch nicht so alt, glaub ich, wie der ursprüngliche uralte Mann, starb, sagt er.

Seine kleine Schwester seufzt.

War's das?, sagt sie.

Na ja, es gehören noch mehr Teile dazu, die hab ich mir aber nicht gemerkt, sagt er. Aber ja, das ist das Wesentliche.

Schön, sagt sie.

Sie kommt ans Fenster und küsst ihn auf die Wange.

Danke schön, dass du mir die Geschichte der magischen Vorhaut erzählt hast, sagt sie.

Er hört erst einen Moment später richtig, was sie gesagt hat. Als er es begreift, errötet er bis an die Haarwurzeln. Errötet am ganzen Körper. Sie sieht ihn erröten und lächelt.

Das Wort soll ich wohl nicht sagen, was?, sagt sie. Auch wenn die Geschichte eigentlich davon handelt. Auch wenn jahrhundertelange Verhüllung mich davon abhalten soll, zu merken, worum es in den Geschichten der Welt wirklich geht. Tja, Vorhaut. Vorhaut Vorhaut Vorhaut.

Sie tanzt durch das Zimmer und schreit das Wort heraus, das er in ihrem Beisein nicht einmal laut auszusprechen wagt.

Sie ist verrückt.

Hat bei der Geschichte aber ins Schwarze getroffen.

Sie ist ein kluger Kopf.

Sie hebt das Wort wahr auf eine ganz neue Stufe.

Sie ist gefährlich und brillant.

Sie kommt ans Fenster und schiebt es weiter auf. Ruft auf die Straße und in den Himmel (allerdings auf Englisch, Gott sei Dank), *Vorhäute kommen und Vorhäute gehen! Mozart aber bleibt ewig bestehen!* Dann tänzelt sie wieder zu ihrem Schreibtisch, greift nach ihrem Buch und liest mittendrin weiter, als wäre nichts gewesen.

Er wartet einen Augenblick und schaut vorsichtig hinaus und nach unten. Eine Frau mit einem kleinen Hund ist auf der Straße stehen geblieben und sieht herauf, die Hand vor den Augen; abgesehen davon geht das Leben auf der Straße weiter wie immer, ohne auch nur zu ahnen, dass seine kleine Schwester *so* verrückt ist, *so* mutig, *so* schlau, *so* wild und *so* gelassen; er weiß nun sicher, dass sie, wenn sie einmal groß ist, eine starke Kraft in der Welt sein wird, eine bedeutende Denkerin, eine, die etwas verändert, eine, mit der zu rechnen ist.

Sommerbruder.

Alter Mann in einem Bett in einer Pflegeeinrichtung.

Kleine Schwester.

Nicht älter als zwanzig, einundzwanzig.

Bilder von ihr hat er keine mehr. Die Fotos im Haus ihrer Mutter? Längst verbrannt, verloren, weg, vom Winde verweht.

Er besitzt aber noch ein paar Seiten der Briefe aus der Zeit, in der sie ihre Mutter pflegte. Da ist sie achtzehn. Die gewandte Neigung ihrer Handschrift, nach rechts.

Es geht darum, wie wir unsere Lebensumstände betrachten, liebster Dani, dass wir hinschauen und erkennen, wo wir stehen, und dass wir uns möglichst nicht täuschen lassen, nicht verzweifeln und zugleich das Beste daraus machen. Genau das ist Hoffnung, weiter nichts, die Frage nämlich, wie wir mit dem Negativen umgehen, das Menschen anderen Menschen auf der Welt antun, und nicht vergessen, dass sie und wir alle Menschen sind, dass nichts Menschliches uns fremd ist, das Böse und das Gute, und dass wir, das Allerwichtigste überhaupt, nur einen Wimpernschlag lang hier sind. Aber in diesem Augenblick können wir entweder freundlich zwinkern oder uns blind stellen, und wir müssen uns darüber im Klaren sein, dass wir zu beidem gleichermaßen fähig sind, und bereit sein, das Böse hinter uns zu lassen, sogar wenn wir bis zum Hals darinstecken. Es kommt also darauf an – und hier spreche ich unmittelbar zur liebenswürdigen, charmanten und traurigen Seele meines lieben Bruders, den ich so gut kenne –, die Zeit, unsere Zeit, nicht zu vergeuden, solange sie uns gegeben ist.

Liebster Dani.

Was hat er mit der Zeit angefangen?

Ein paar triviale Reime.

Mehr war eigentlich gar nicht.

Außerdem aß er gut, wenn die Reime das Geld dafür einbrachten.

Autumn mellow. Autumn yellow. Er erinnert sich noch an jedes Wort dieses albernen Songs. Kann sich aber nicht erinnern,

lieber Gott, er kann's einfach nicht.

Entschuldige, lieber Gott, könntest du mir bitte sagen, wie meine kleine Schwester hieß?

Nicht dass er an die Existenz eines Gottes glaubt. Er weiß sogar, dass es keinen gibt. Aber bloß für den Fall, dass doch:

Bitte, sag mir noch mal ihren Namen.

Bedaure, sagt das Schweigen. Da muss ich passen.

Wer spricht da?

(Schweigen.)

Wer ist da?

(Schweigen.)

Gott?

Nicht direkt.

Wer dann?

Wo fange ich an? Ich bin die Fühler des Schmetterlings. Ich bin die Chemikalien, aus denen Farbe besteht. Ich bin der, der tot am Rand des Wassers liegt. Ich bin das Wasser. Bin der Rand. Ich bin Hautzellen. Bin der Geruch von Desinfektionsmittel. Ich bin das Ding, mit dem sie dir den Mund einreiben, um ihn zu befeuchten, spürst du's? Ich bin weich. Bin hart. Ich bin Glas. Bin Sand. Ich bin eine gelbe Plastikflasche. Ich bin das Plastik in allen Meeren und in den Bäuchen aller Fische. Ich bin die Fische. Bin die Meere. Ich bin die Mollusken in den Meeren. Bin die plattgewalzte alte Bierdose. Bin der Einkaufswagen im Kanal. Ich bin die Note auf der Notenzeile, der Vogel auf der Leitung. Ich bin die Notenzeile, bin die Leitung. Ich bin Spinnen. Bin Samenkörner. Bin Wasser. Hitze. Ich bin die Baumwolle des Lakens. Bin die Kanüle in deiner Seite. Bin der Urin im Schlauch. Ich bin deine Seite. Und deine andere Seite. Ich bin dein anderer. Bin das Husten, das durch die Wand dringt. Bin der Husten. Bin die Wand. Ich bin Schleim. Bin die Bronchien. Ich bin innen. Bin außen. Bin der Verkehr. Die Luftverschmutzung. Ich bin die Pferdeäpfel, die vor hundert Jahren auf eine Landstraße fallen. Ich bin der Belag dieser Straße. Bin, was darunter ist. Und darüber. Ich bin die Fliege. Ich bin der Nachkomme der Fliege. Bin der Nachkomme des Nachkommens des Nachkommens des Nachkommens des Nachkommens des Nachkommens der Fliege. Ich bin der Kreis. Bin das Rechteck. Bin alle Formen. Ich bin Geometrie. Ich hab noch nicht einmal richtig angefangen, dir zu sagen, was ich bin. Ich bin alles, aus dem alles entsteht. Bin alles, in das alles vergeht. Ich bin das Feuer. Die Flut. Die Pest. Ich bin die Tinte, das Papier, das Gras, der Baum, das Laub, die Blätter, das Blattgrün. Bin die Blattader. Ich bin die Stimme, die keine Geschichte erzählt.

(Schnaubt.) So etwas gibt es nicht.

Entschuldigung. Doch. Mich.

Laub, sagtest du?

Sagte ich, ja. Laub.

Du? Laub?

Bist du taub? Ich bin Laub.

Ein einzelnes einsames Blatt, ja?

Nein. Um genauer zu sein. Wie gesagt. Wie ich bereits erklärt habe. Ich bin alle Blätter.

Du bist alle Blätter.

Ja.

Und, bist du schon vom Baum gefallen? Wartest du noch drauf? Im Herbst? Im Sommer, wenn es stürmisch ist?

Nun, per definitionem –

Und mit *alle Blätter* meinst du, du bist das Laub des Vorjahrs?

Ich –

Und des nächsten Jahres auch?

Ja, ich –

Du bist alles längst abgestorbene Laub aller Jahre? Und alles künftige Laub?

Ja, ja. Selbstverständlich. Herrgott. Ich bin das Laub. Sämtliche Blätter. Klar?

Und das vom Baum fallende Ding? Ja oder nein?

Natürlich. Das tun Blätter.

Mich täuschst du damit nicht, wer du auch sein magst. Mich führst du keinen Moment an der Nase herum.

(Schweigen.)

Das Erzählen hört nie auf, heute nicht und morgen auch nicht. Das ist ja die Geschichte.

(Schweigen.)

Sie ist das endlose Fallen der Blätter.

(Schweigen.)

Ist doch so? Du?

(Schweigen.)

Jetzt, da der Herbst wirklich nicht mehr fern ist, ist das Wetter besser. Den ganzen Sommer hindurch war es dumpf und stickig, dicht bewölkt und herbstlich, und das ziemlich genau seit dem Tag, an dem Elisabeth wegen des Check-&-Send-Dings mit dem Antrag für ihren Reisepass zum Postamt gegangen ist.

Jetzt kommt der neue Reisepass mit der Post.

Ihr Haar hat den Test schließlich doch bestanden. Der Abstand ihrer Augen offenbar ebenfalls.

Sie zeigt den neuen Pass ihrer Mutter. Ihre Mutter tippt auf die Wörter Europäische Union, die oben auf dem Einband eingeprägt sind, und zieht ein trauriges Gesicht. Dann blättert sie den Pass durch.

Was sollen die Zeichnungen überall?, sagt sie. Dieser Pass ist illustriert wie ein Bilderbuch für kleine Kinder.

Ein Bilderbuch auf Acid, sagt Elisabeth.

Ich will keinen neuen Pass, wenn der so aussieht, sagt ihre Mutter. Und alles Männer, überall. Wo sind die Frauen? Oh, hier ist eine. Ist das Gracie Fields? Architektur? Aber wer zum Himmel? Und *das* ist alles? Die Frau mit dem putzigen Hut ist die einzige in dem ganzen Ding? O nein. Hier ist noch eine, aber mit dem Knick mitten auf der Seite, wie nachträglich noch eingefügt. Hier ist noch ein Pärchen, auf derselben Seite wie die schottischen Dudelsackpfeifer, beide Tänzer das übliche Schottenklischee. Die darstellenden Künste. Tja, Schottland, die Frauen *und* zwei Kontinente, alles vorhanden.

Sie reicht Elisabeth den Pass zurück.

Wenn ich dieses lächerliche Ding, das die für einen Pass halten, schon vor dem Referendum gesehen hätte, sagt sie, hätte ich mich viel früher auf das einstellen können, was zweifellos kommen musste.

Elisabeth klemmt den Pass in dem Zimmer, das ihre Mutter für sie an der Rückseite des Hauses zurechtgemacht hat, hinter den Spiegel. Dann zieht sie den Mantel an, um zur Bushaltestelle zu gehen.

Denk dran, ruft ihre Mutter ihr nach. Abendessen. Ich brauch dich hier um sechs. Zoe kommt.

Zoe war ein Kinderstar bei der BBC, als Elisabeths Mutter noch klein war. Sie haben sich vor zwei Wochen bei den Filmaufnahmen für die Episode von Der Goldene Hammer kennengelernt und sind jetzt eng befreundet. Ihre Mutter hat Zoe zu sich eingeladen, um sich mit ihr die Eröffnung des schottischen Parlaments anzusehen, die sie Anfang des Monats aufgenommen hat und die sie Elisabeth auch schon zeigen musste. Ihre Mutter hat sie sich schon mehrere Male angesehen und gleich losgeheult, als der Sprecher im Off die in den Amtsstab eingravierten Worte erwähnte.

Weisheit. Gerechtigkeit. Mitgefühl. Redlichkeit.

Es ist das Wort Redlichkeit, sagte ihre Mutter. Das wirkt jedes Mal. Ich höre es und seh im Geiste die Gesichter der Lügner.

Elisabeth verzog das Gesicht. Jeden Morgen beim Aufwachen fühlt sie sich um etwas betrogen. Wenn sie dem nachgeht, denkt sie als Nächstes an die Zahl der Menschen im ganzen Land, die sich beim Aufwachen um etwas betrogen fühlen, ganz gleich, wie sie abgestimmt haben.

Mhm, sagte sie.

Ich seh mich auch nach Häusern da oben um, sagte ihre Mutter. Ich gehe nicht raus aus der EU.

Bei ihrer Mutter mag das angehen. Ihre Mutter hat ihr Leben hinter sich.

Rule Britannia, hatte eine Horde Schläger am Wochenende hinter Elisabeths Wohnung gegrölt. Britannia rules the waves. Zuerst holen wir uns die Polen, schrien sie. Und dann die Muslime. Danach die Zigeuner und die Schwulen. *Ihr verkriecht euch, aber wir sind euch auf den Fersen*, hatte ein Wortführer der Rechten eine Unterhausabgeordnete bei einer Diskussion auf Radio 4 an dem Samstagvormittag angebrüllt. Vom Diskussionsleiter kein Mucks zu der Drohung, die der Mann eben ausgesprochen hatte; er wies sie nicht zurück, ging nicht darauf ein, als hätte er sie gar nicht gehört. Stattdessen gab er das letzte Wort dem Unterhausabgeordneten von den Tories, der die halbe Minute vor Schluss der Sendung dazu nutzte, über die *eigentliche und bestürzende Ursache für Besorgnis* – nicht darüber, dass jemand im Radio einem anderen gerade unverhohlen gedroht hatte – zu sprechen, *die Einwanderung*. Elisabeth hatte sich die Sendung im Bad angehört. Hinterher schaltete sie das Radio aus und fragte sich, ob sie sich jemals wieder unvoreingenommen eine Sendung auf Radio 4 anhören konnte. Ihre Ohren waren verwandelt, wie ausgewechselt. Oder die Welt.

Nichts an ihm, das soll verfallen,
Das nicht wandelt Meereshut
In ein reich und …

Reich und was?, überlegte sie.

Reich und arm.

Sie rieb den beschlagenen Spiegel ab, stand im Echo ihres bloß in einem Badezimmer stehenden Ichs. Betrachtete ihr verschwommenes Spiegelbild.

Hi, sagte Elisabeth am nächsten Morgen am Telefon zu ihrer Mutter. Ich bin's. Glaub ich jedenfalls.

Ich weiß genau, wovon du sprichst, sagte ihre Mutter.

Kann ich für eine Weile zu dir kommen? Ich will eine Arbeit fertigkriegen und ein bisschen näher an, ähm, Zuhause sein.

Ihre Mutter lachte und sagte, sie könnte das hintere Zimmer haben, solange sie es brauchte.

Nun kam auch noch Zoe, der Kinderstar aus den Sechzigern, und wollte sich Schottland vorführen lassen.

Ein silberner Sovereign-Halter hat uns zusammengebracht, Zoe und mich, hatte Elisabeths Mutter ihr erzählt. Ich weiß nicht, ob du die kennst. Sie sehen aus wie kleine Taschenuhren, wenn sie zu sind, ich hab ein-, zweimal schon welche auf den Antikmärkten im Fernsehen gesehen. Auf einem Schränkchen lag einer, Zoe griff danach, machte ihn auf und sagte, ach, wie schade, jemand hat das ganze Uhrwerk herausgenommen. Und ich, nein, das ist bestimmt ein Sovereign-Halter. Und sie, ich fass es nicht, mehr ist zu der Souveränität nicht dazu? Altes Geld, weiter nichts? Hätte ich mir denken können. Die ursprüngliche Einpfundmünze. Dürfte demnächst 60 Pennys wert sein. Wir haben beide so laut gelacht, dass wir eine Aufnahme im Nebenraum verdorben haben.

Ich möchte, dass du sie kennenlernst, sagt ihre Mutter jetzt wieder. Sie heitert mich ohne Ende auf.

Ich denk dran, sagt Elisabeth.

Sie hat es vergessen, kaum dass sie zur Tür hinaus ist.

Immer und immer wieder. Sogar in der Phase vermehrten Schlafs, den Kopf auf dem Kissen, die Augen geschlossen, kaum noch da, gelingt ihm, worin er immer am besten war.

Unendlich bezaubernd, dieser Daniel. Das Leben verzaubert. Wie macht er das nur?

Elisabeth hatte sich den Stuhl aus dem Gang geholt, die Tür zu Daniels Zimmer zugemacht, das Buch aufgeschlagen, das sie heute gekauft hat. Hatte am Anfang, sehr leise, laut zu lesen begonnen. *Es war die beste, es war die schlechteste aller Zeiten. Es war das Zeitalter der Weisheit, es war das der Torheit; es war die Epoche des Glaubens, es war die des Unglaubens; es waren die Tage des Lichts, es waren die der Finsternis; es war der Lenz der Hoffnung, es war der Winter der Verzweiflung. Alles lag vor uns, nichts lag vor uns.* Die Worte hatten ihre Zauberkraft entfaltet. Sie hatten, binnen Sekunden, für Entspannung gesorgt. Hatten alles, was sonst geschah, weit genug fortgerückt.

Es war regelrecht phantastisch.

Wer braucht einen Reisepass?

Wer bin ich? Wo bin ich? Was bin ich?

Ich lese.

Daniel liegt da und schläft wie jemand im Märchen. Elisabeth hält das am Anfang aufgeschlagene Buch in den Händen. Laut sagt sie rein gar nichts.

Einmal, sagt sie in ihrem Kopf, ich war da noch ganz klein, hatte meine Mutter mir verboten, Sie zu besuchen, und ich habe ihr gehorcht, aber nur drei Tage lang. Am Morgen des dritten Tages wusste ich zum ersten Mal, dass ich irgendwann sterben würde. Deswegen habe ich mich ungeniert widersetzt und bin trotz Verbot gegangen. Sie konnte nichts dagegen tun. Es waren bloß drei Tage, und ich war stolz auf mich, weil Sie es damals nicht gemerkt oder nicht gewusst haben.

Aber ich wollte mich dafür entschuldigen, dass ich in den letzten Jahren nicht da war. Es waren alles in allem zehn. Es tut mir wirklich leid. Ich konnte aber absolut nicht anders, ich war wegen etwas Dummem heillos gekränkt.

Es kann natürlich sein, dass Sie diese Abwesenheit auch gar nicht bemerkt haben.

Gedacht habe ich an Sie aber die ganze Zeit. Auch wenn ich nicht an Sie gedacht habe, habe ich an Sie gedacht.

Stille von Seiten Elisabeths, abgesehen vom Geräusch ihres Atems.

Stille von Seiten Daniels, abgesehen vom Geräusch seines.

Kurz darauf schlummert sie auf dem Stuhl ein, den Kopf an die Wand gelehnt. Sie sitzt am weiß getünchten Schauplatz ihres Traums.

Der weiß getünchte Schauplatz ist dieses Mal ihre Wohnung.

Um der Wahrheit die Ehre zu geben, es ist nicht *ihre* Wohnung, und in ihrem Traum weiß sie das auch; sie hat sich an den Gedanken gewöhnt, dass sie sich wahrscheinlich nie ein Haus wird kaufen können. Das ist nichts Besonderes, das kann heutzutage niemand, es sei denn, er ist stinkreich oder die Eltern sind gestorben oder die Eltern sind stinkreich. Aber egal. Sie hat eine zur Miete. Sie hat im Traum eine Wohnung mit weißen Wänden zur Miete. Durch die Wand hört sie den Fernseher der Leute von nebenan. Es ist eine Möglichkeit zu wissen, dass man Nachbarn hat.

Es klopft an die Tür. Das wird Daniel sein.

Er ist es aber nicht. Es ist ein Mädchen. Sie hat ein Gesicht, so leer wie ein Blatt Papier, so leer wie ein leerer Bildschirm. Elisabeth gerät in Panik. Ein leerer Bildschirm bedeutet, der Computer stürzt ab, und das ganze Wissen verschwindet. Sie kommt nicht an ihre Arbeitsdateien heran, hat keine Chance, in Erfahrung zu bringen, was auf der Welt gerade passiert, es gibt keine Möglichkeit, mit irgendjemandem Kontakt aufzunehmen. Sie kann nie wieder irgendetwas machen.

Das Mädchen beachtet Elisabeth nicht. Es setzt sich in die Tür, so dass Elisabeth sie nicht zumachen kann. Zieht ein Buch hervor. Das muss Miranda sein, Miranda aus Der Sturm. Miranda aus Der Sturm liest Schöne neue Welt.

Sie hebt den Blick von ihrem Buch, als sei ihr gerade klar geworden, dass Elisabeth auch da ist.

Ich bringe dir Neuigkeiten von unserem Vater, sagt sie.

Ihr Vater, so Miranda mit dem leeren Gesicht, ist heute Morgen losgegangen, um einen neuen Laptop zu kaufen.

Ein Geschenk für dich, sagt das Mädchen (Elisabeths Schwester). Doch dann geschah Folgendes.

Elisabeth sieht, als schaue sie sich einen Film an, was anschließend passiert ist.

Auf dem Weg zu John Lewis bleibt ein Mann (ihr Vater?) am Schaufenster von Cash Converters stehen und schaut hinein. Vielleicht ist dort ja irgendetwas billiger? Eine Frau bleibt stehen und schaut ebenfalls ins Fenster. Sehen Sie sich die Laptops an?, sagt sie. Ja, sagt Elisabeths Vater. Die Sache ist die, sagt die Frau, ich will gleich da rein und ihnen meinen neuen Laptop verkaufen, der ist, wie gesagt, brandneu. Ich habe einen neuen Job in Amerika und brauche diesen neuen Laptop nicht mehr. Aber wenn Sie sich gerade nach einem Laptop umsehen, kann ich meinen an Sie verkaufen statt an Cash Converters, und zwar zu einem für einen brandneuen Laptop sehr guten Preis.

Elisabeths Vater geht mit der Frau zu einem Parkhaus, in dem sie den Kofferraum eines Autos öffnet und den Reißverschluss der Reisetasche aufzieht, die darin steht. Sie holt einen brandneuen Laptop heraus. Elisabeth kann in ihrem Traum riechen, wie neu der ist.

£600 in bar, sagt die Frau, klingt das anständig? Ja, sagt Elisabeths Vater. Das klingt sehr anständig. Ich geh zu einem Automaten und hol das Geld.

Ich begleite Sie, sagt die Frau, schiebt den Laptop wieder in die Reisetasche und klappt den Kofferraum zu.

Sie gehen zu einem Geldautomaten. Er zieht den Betrag.

Sie gehen zum Auto zurück. Er gibt der Frau das Geld. Die Frau öffnet den Kofferraum, hebt die Reisetasche heraus und gibt sie ihm. Klappt den Kofferraumdeckel zu und fährt davon.

Dann öffnete unser Vater die Tasche, sagt das Mädchen mit dem leeren Gesicht. Aber in der Tasche war außer Zwiebeln nichts drin. Zwiebeln und Kartoffeln. Hier.

Sie gibt Elisabeth eine Reisetasche. Elisabeth macht sie auf. Sie ist voller Kartoffeln und Zwiebeln.

Danke schön, sagt sie. Sag ihm von mir vielen Dank.

Sie sieht dahin, wo der Herd stehen sollte. Aber in dem weiß getünchten Raum ist rein gar nichts.

Macht nichts, denkt sie. Wenn Daniel kommt, wird ihm schon etwas einfallen, was man damit machen kann.

An der Stelle wacht sie auf.

Sie erinnert sich noch den Bruchteil einer Sekunde an den Traum, dann entsinnt sie sich, wo sie ist, und sie vergisst den Traum.

Sie reckt und streckt sich auf dem Stuhl, die Arme und Schultern, die Beine.

Mit Daniel schlafen, so ist das also.

Sie lächelt vor sich hin.

(Das hat sie sich öfter gefragt.)

Es war ein eigentlich normaler Mittwoch im April 1996. Elisabeth war zwölf. Sie hatte die neuen Inlineskates an. Wenn man die mit seinem Gewicht belastete, leuchteten an den Fersen flackernde bunte Lämpchen. Man selber sah das nur, wenn es draußen dunkel war und man das Licht in seinem Zimmer ausmachte oder das Rouleau runterzog und mit beiden Händen fest draufdrückte.

Daniel war vorn am Tor.

Ich gehe ins Theater, sagte er. Ins Freilufttheater. Willst du mitkommen?

Es sei ein Stück über Zivilisation, Kolonisierung und Imperialismus.

Klingt ein bisschen langweilig, sagte sie.

Vertrau mir, sagte Daniel.

Also ging sie mit, und es war nicht langweilig, sondern richtig gut, über einen Vater und eine Tochter. Es ging auch um Fairness und Unfairness, um Leute, die auf einer Insel hypnotisiert wurden und Komplotte gegeneinander schmiedeten, um herauszufinden, wer auf der Insel die

Herrschaft an sich reißen konnte. Einige Figuren sollten die Sklaven sein, und andere sollten befreit werden. Hauptsächlich ging es aber um ein Mädchen, dessen Vater, ein Zauberer, für sie die Zukunft regeln wollte. Zuletzt hätte die Tochter ein bisschen ausführlicher in dem Stück vorkommen können, als es der Fall war, aber trotzdem war es richtig gut, und ganz zuletzt war Elisabeth den Tränen nahe, als der alt gewordene Vater ohne Zaubermantel und Zauberstab nach vorn trat und die Zuschauer zum Klatschen aufforderte, weil er andernfalls für immer in dem Stück auf der fingierten Insel mit den Pappkulissen gefangen bliebe. Und es sah sehr danach aus, dass er tatsächlich in dem Freilufttheater gefangen bleiben könnte und die ganze Nacht da im Dunkeln stehen müsste, wenn sie nicht geklatscht hätten.

Außerdem war es ganz schön aufregend, jemanden nur durch Händeklatschen von etwas zu befreien.

Heimwärts skatete sie Daniel voraus, damit er die aufleuchtenden Lämpchen sah.

Als sie an dem Abend im Bett lag, erinnerte sie sich an ihre Füße und das darunter schnell dahingleitende Pflaster und fand es seltsam, dass sie sich an total sinnlose Details wie Risse im Pflaster genauer erinnern konnte als an irgendetwas von ihrem eigenen Vater.

Am nächsten Tag sagte sie beim Frühstück zu ihrer Mutter:

Ich konnte diese Nacht nicht schlafen.

Ach herrje, sagte ihre Mutter. Na, schläfst du eben heute.

Ich konnte aus einem bestimmten Grund nicht schlafen, sagte Elisabeth.

Mhm?, sagte ihre Mutter

Sie las Zeitung.

Ich konnte nicht schlafen, sagte Elisabeth, weil ich gemerkt habe, dass ich gar nicht mehr weiß, wie das Gesicht meines Vaters aussieht.

Sei froh, sagte ihre Mutter hinter der Zeitung hervor.

Sie blätterte um, legte die Seite nach links, schüttelte die Zeitung zurecht und hielt sie wieder zwischen ihnen in die Luft.

Elisabeth schnallte sich die Inlineskates an, schnürte sie zu und ging zu Daniel hinüber. Daniel war im Garten hinter dem Haus. Sie skatete den Weg hinunter.

Oh, hallo, sagte Daniel. Du bist's. Was liest du gerade?

Ich konnte letzte Nacht nicht schlafen, sagte sie.

Warte, sagte Daniel. Antworte mir zuerst. Was liest du gerade?

Das eiserne Herz, sagte sie. Das ist richtig gut. Ich habe Ihnen gestern davon erzählt. Es ist das Buch über die Leute, die sich eine Geschichte ausdenken, aber als sie wahr wird und wirklich passiert, ist sie richtig schrecklich.

Ich erinnere mich, sagte Daniel. Sie halten das Unheil noch auf, als sie ein Lied singen.

Ja, sagte Elisabeth.

Wenn das Leben nur auch so einfach wäre, sagte Daniel.

Meine Rede, sagte Elisabeth. Ich konnte diese Nacht nicht schlafen.

Wegen des Buchs?, sagte Daniel.

Elisabeth erzählte ihm von dem Straßenpflaster, von ihren Füßen, vom Gesicht ihres Vaters. Daniel machte ein ernstes Gesicht. Er setzte sich auf den Rasen, tippte auf den Platz neben sich.

Es ist in Ordnung zu vergessen, weißt du, sagte er. Das ist gut so. Manchmal müssen wir bestimmte Dinge sogar vergessen. Die zu vergessen ist wichtig. Wir tun das absichtlich, damit wir ein bisschen zur Ruhe kommen können. Hörst du mir zu? Wir müssen vergessen. Sonst können wir nie mehr schlafen.

Elisabeth weinte jetzt, wie ein viel kleineres Kind weint. Das Weinen kam aus ihr heraus wie Wetter.

Daniel legte die flache Hand auf ihren Rücken.

Wenn mir Kummer bereitet, dass ich mich an etwas nicht erinnern kann, tu ich Folgendes. Hörst du mir zu?

Ja, sagte Elisabeth schniefend.

Ich stelle mir vor, dass sich das, was ich vergessen habe, egal was, eng an mich schmiegt wie ein schlafender Vogel.

Was denn für einer?, sagte Elisabeth.

Ein Wildvogel, sagte Daniel. Irgendeiner. Du merkst es, wenn es passiert. Ich halte ihn dann da fest, wo er ist, ohne zu fest zu drücken, und lasse ihn schlafen. Und dann geht's wieder.

Danach wollte er wissen, ob es stimmte, dass die Rollschuhe mit den Lämpchen an der Ferse nur auf der Straße fuhren, und ob es stimmte, dass die Lämpchen an der Ferse gar nicht angingen, wenn man auf Gras fuhr.

Elisabeth hörte auf zu weinen.

Die heißen Inlineskates, sagte sie.

Inlineskates, sagte Daniel. Genau. Also?

Auf Gras kann man nicht skaten, sagte sie.

Nicht?, sagte Daniel. Die Wahrheit ist manchmal doch sehr enttäuschend. Können wir es nicht ausprobieren?

Das wäre sinnlos, sagte sie.

Können wir es nicht trotzdem ausprobieren? Vielleicht widerlegen wir die landläufige Meinung.

Von mir aus, sagte Elisabeth.

Sie stand auf. Wischte sich mit dem Ärmel das Gesicht ab.

Ins Leben zurückgeholt, sagt Elisabeth. Nichts als Hunger und Mangel. Die ganze Stadt ist in Aufruhr, und das ist erst der Anfang. Grausamkeiten kündigen sich an. Köpfe werden rollen.

Elisabeth ist in der Diele und hängt ihren Mantel auf. Ihre Mutter hat sie gerade ihrer neuen Freundin Zoe vorgestellt und gefragt, wie weit sie heute in der Geschichte zweier Städte gekommen sind.

Wer ist Mr Gluck?, sagt Zoe, die neue Freundin ihrer Mutter.

Mr Gluck ist ein lustiger, schwuler alter Mann, der vor Jahren unser Nachbar war, sagt ihre Mutter. Sie hat ihn sehr gerngehabt, er hat sich in ihrer Kindheit mit ihr angefreundet. Sie war ein schwieriges Kind. Ich Ärmste. Als Kind sehr schwer zu verstehen.

Nein, ist er nicht. Ja, hab ich und tu ich immer noch. Und nein, war ich nicht. In dieser Reihenfolge, sagt Elisabeth.

Da hörst du's, sagt ihre Mutter.

Schwer Verständliches mag ich auch, sagt Zoe.

Sie lächelt Elisabeth mit echter Freundlichkeit an. Sie dürfte in den Sechzigern sein, sieht gut aus und hat eine stilvolle Lässigkeit. Anscheinend ist sie inzwischen eine ziemlich bekannte Psychoanalytikerin. (Elisabeth musste lachen, als ihre Mutter ihr das erzählte, endlich gehst du mal zu jemandem vom Fach, das wäre schon seit Jahren nötig gewesen, hatte sie gesagt.) Zoe hat eine flüchtige Ähnlichkeit mit dem Mädchen, das damals in dem Film mit der Telefonzelle getanzt hat; etwas von dem geisterhaften Mädchen in Technicolor umflirrt ihre Gestalt immer noch. Ihr älteres Ich ist herzlich und glänzt wie ein Apfel, der noch oben am Baum hängt, nachdem alle anderen gepflückt sind. Elisabeths Mutter hat sich in der Zwischenzeit aufgebrezelt, trägt Make-up und neue Leinensachen, wie sie in dem teuren Laden im Dorf verkauft werden.

Und ihr seid die ganzen Jahre in Kontakt geblieben, sagt Zoe.

Eigentlich hatten wir den Kontakt verloren, sagt ihre Mutter, bis ein Nachbar mich im Internet aufgespürt und mir berichtet hat, dass er sein Haus ausgeräumt, seinen heiligen Stein von Barbara Hepworth verkauft –

Die Maquette, sagt Elisabeth.

Donnerwetter, sagt Zoe. Er hat Geschmack.

– und sich in einem Pflegeheim eingemietet hat, sagt ihre Mutter. Ich sag noch zu Elisabeth, die sich, kein Scherz, in insgesamt sechs Jahren kein einziges Mal hier hat blicken lassen, kein Scherz, am Telefon, ach, übrigens, der alte Mr Gluck. Er ist jetzt in dem Heim namens The Maltings, anscheinend nicht weit von hier. Kein Scherz. Und seitdem kommt sie jede Woche, den ganzen Sommer. Manchmal zweimal. Sie wohnt jetzt sogar für eine Weile hier. Nett, wieder eine Tochter zu haben. Bis jetzt jedenfalls.

Danke, sagt Elisabeth.

Da freue ich mich jetzt schon auf die fein dosierte Aufmerksamkeit, die mir in späteren Jahren mal zuteilwird, sagt ihre Mutter. Die vielen Bücher, die ich nie gelesen habe, Middlemarch, Moby-Dick, Krieg und Frieden. Nicht dass ich mein Alter so wie Mr Gluck werde verbringen können. Er ist inzwischen hundertzehn.

Hundert was?, sagt Zoe.

Bei seinem Alter verdreht sie immer was. Er ist erst hunderteins, sagt Elisabeth,

Zoe schüttelt den Kopf.

Erst, sagt sie. Zum Henker, fünfundsiebzig sind doch genug. Alles Weitere ist Bonus. Na ja, das sag ich heute. Wer weiß, was ich sage, wenn ich erst mal fünfundsiebzig bin?

Im Sommer hatte er immer einen Projektor und eine Leinwand hinter dem Haus aufgebaut, sagt ihre Mutter, und ihr alte Filme vorgeführt. Ich hab zum Fenster rausgesehen, es war sternenklar, und sie saßen in einem kleinen Gehäuse aus Licht. Das war zu der Zeit, als wir noch Sommer hatten. Als es noch Jahreszeiten gab, nicht bloß das heutige Einerlei. Und weißt du noch, das eine Mal, als er seine Uhr in den Fluss warf –

Kanal, sagt Elisabeth.

– und zu dir gesagt hat, es wäre eine Zeit- und Bewegungsstudie?, sagt ihre Mutter.

Was für eine schöne Freundschaft, sagt Zoe. Und du besuchst ihn jede Woche? Und liest ihm vor?

Ich liebe ihn, sagt Elisabeth.

Zoe nickt.

Ihre Mutter verdreht die Augen.

Er ist schon ziemlich weggetreten, sagt sie etwas leiser. Ich fürchte, er macht's nicht mehr lange.

Er ist nicht weggetreten, sagt Elisabeth.

Sie spürt, als sie es sagt, den schneidigen Beiklang in ihrer Stimme. Sie besänftigt ihren Ton und spricht weiter.

Er schläft nur, sagt sie, aber eben sehr lange. Er ist nicht weggetreten. Er ruht sich aus. Es wird ihn ermüdet haben, sein Haus räumen, die vielen Gegenstände.

Ihre Mutter schüttelt mit Blick zu ihrer neuen Freundin den Kopf.

Ich werd mal alles wegschmeißen, sagt Zoe. In den Kanal, in den Fluss, was am nächsten ist. Oder verschenken. Hat keinen Sinn, irgendwas zu behalten.

Elisabeth geht ins Sonnenzimmer hinüber und legt sich flach aufs Sofa. Die Filmabende hatte sie vergessen, Chaplin, der einen Job als Hilfskraft beim Zirkus bekommt und aus Versehen den Knopf am Tisch des Zauberers drückt, den er nicht drücken soll, woraufhin die Enten und Tauben und Ferkel aus all den Geheimfächern herausfliegen.

Ich stand also jede Woche in der Diele und rief bei der Nummer an, schon ganz verzweifelt, sagt ihre Mutter drüben in der Küche, 01 811 8055, ich weiß sie noch auswendig. Von den Sendungen hab ich kaum eine gesehen, ich war ja immer in der Diele. Aber einmal hatte ich eine Idee, die fand ich sehr lustig, ich dachte, die wäre witzig wie nur was. Also, jede Woche. Und in der einen Woche kam ich tatsächlich durch. Die Telefonistin, früher saßen sie hinten im Studio, nahmen die Anrufe entgegen und schrieben die Vorschläge auf, sie meldete sich also und sprach die Zauberformel, Multi-Coloured Swap Shop, und ich wie aus der Pistole geschossen, ich heiße Wendy Parfitt und würde mein Königreich gern gegen ein Pferd eintauschen, das wurde auf dem Bildschirm eingeblendet und auf die Liste mit den zehn besten Tauschangeboten gesetzt: Wendy Parfitt, BIETET Königreich, SUCHT Pferd.

Ich hab ihn mal kennengelernt, Noel, sagte ihre Freundin. Für eine halbe Minute. Sehr aufregend. In der Mitarbeiterkantine.

Unser ganzes Leben, sagt ihre Mutter gerade. Mein ganzes Leben, als Kind. Am Abend nach der Beerdigung unseres Vaters hat unsere Mutter, sie wusste wohl nicht, was sie sonst tun sollte, den Fernseher eingeschaltet, und wir saßen alle da, sie auch, und haben uns The Waltons angesehen, als ob das irgendetwas hätte helfen können, als ob dann alles wieder normal gewesen wäre.

Für mich genauso, genauso rätselhaft, aufregend und tröstlich, wie es für dich war, sagt die Freundin ihrer Mutter. Obwohl ich ja sogar daran beteiligt war. Heute wollen alle bloß noch wissen, ob es Missbrauch gegeben hat. Ob irgendjemand je irgendetwas getan hat, was er nicht hätte tun sollen. Die das fragen, *gieren* regelrecht danach, und nicht bloß das, sie gieren danach, etwas Schlimmes zu hören, sie wollen, dass etwas vorgefallen ist, und sind immer enttäuscht, wenn ich verneine, wenn ich sage, dass es eine tolle Zeit war und dass ich gern gearbeitet habe, ich habe es geliebt, vor allem als Schauspielerin, mir hat auch gefallen, dass ich die herrlichsten Kleider bekam, dass ich mir hinten in dem Auto, mit dem ich zur Arbeit abgeholt und nach der Arbeit nach Hause gebracht wurde, selber das Rauchen beigebracht habe – und wenn ich *das* sage, das mit den Zigaretten, gehen die Augenbrauen hoch, als wäre *das* ein Missbrauch der Unschuld, der Drang, älter sein zu wollen, als ich war. Den Drang haben wir doch alle, älter sein, kein Kind mehr sein.

Elisabeth wird wach. Setzt sich auf.

Draußen wird es dunkel.

Sie schaut auf ihr Handy. Es ist fast neun.

Durch den Flur dringen leise gemurmelte Gesprächsfetzen zu ihr herüber. Sie sind ins Wohnzimmer umgezogen. Sie haben wohl ohne sie zu Abend gegessen.

Sie sprechen über einen bestimmten Raum, in den sie während des Drehs für Der Goldene Hammer gegangen sind. Ihre Mutter hat ihr davon schon erzählt. Der Raum in dem Laden war riesig, hatte sie gesagt, und da waren bloß Tausende von alten Sherrygläsern drin, eins ins andere gestapelt.

Man meint, gleich begegnet man der Geschichte, und findet unendlich traurige Zerbrechlichkeit vor, sagt Zoe. Ein Stups – Katastrophe. Vorsicht, wohin man tritt. Und alles voller Wählscheibentelefone.

Keramikhunde, sagt ihre Mutter.

Tintenfässer. (Zoe.)

Silberne Streichholzschachteln mit Anker-und-Löwe-Gravur, Birmingham, Jahrhundertwende. (Ihre Mutter.)

Du kennst dich gut aus mit dem Zeug. (Zoe.)

Ich sehe viel fern. (Ihre Mutter.)

Man müsste mehr raus. (Zoe.)

Butterfässer. (Ihre Mutter.) Wand-Kaffeemühlen. (Zoe.) Poole-Keramik. Clarice-Cliff-Imitationen. Japanische Roboter aus Weißblech. (Elisabeth kann jetzt nicht mehr unterscheiden, wessen Stimme was sagt.) Pelham-Puppen, erinnerst du dich, noch im Karton. Uhren. Kriegsorden. Geschliffenes Kristall. Dreiersätze Beistelltischchen. Kacheln. Karaffen. Glasvitrinen. Demostücke von Schreinergesellen. Blumenständer. Alte Fotobände. Notenblätter. Bilder. Noch mehr Bilder. Und wieder Bilder.

Im ganzen Land stapelt sich das ganze Zeug von früher auf Regalen in Läden, Scheunen und Lagerhallen, türmt sich in Schaukästen und auf Schaukästen, drängt treppauf von den Kellerräumen der Läden und treppab von den Dachböden der Läden wie ein riesiges Nationalorchester, das auf seinen Einsatz wartet; die Bögen gezückt über den Saiten, die Stoffe verstummt, halten die Sachen still, bis die Kunden die Läden verlassen, bis das elektronische Piepen der Alarmvorrichtungen an den Türen ertönt, bis sich die Schlüssel in den Tausenden Türen der Läden, Scheunen und Lagerhallen im ganzen Land drehen.

Dann, bei Einbruch der Dunkelheit, die Sinfonie. Oh! Oh, das ist eine wunderbare Idee. Die Sinfonie des Verkauften und Ausrangierten. Die Sinfonie der Menschenleben, zu denen diese Gegenstände einmal gehörten. Die Sinfonie des Werts und der Wertlosigkeit. Die Clarice-Cliff-Imitationen steuern den Flötenklang bei, die braunen Möbel den Bass, tief. Die Fotografien in den muffigen alten Alben wispern durch das Transparentpapier. Das Silber klingt rein. Die Korbsachen klingen näselnd. Das Porzellan? Seine Stimmen klingen, als könnten sie jeden Augenblick zerspringen. Die Gegenstände aus Holz wären der Tenor. Ja, aber klängen die echten Gegenstände anders als die Nachbildungen?

Die Frauen beginnen zu lachen.

Elisabeth riecht Rauch.

Nein. Sie riecht Hasch.

Sie streckt sich wieder auf dem Sofa aus und hört die beiden darüber lachen, wie oft sie Takes bei ihrem Dreh der Hammer-Episode verdorben haben, als sie an den falschen Stellen gelacht oder nicht den richtigen Text gesprochen haben. Aus dem Gesagten schließt Elisabeth, dass ihre Mutter ziemlich genervt hat mit ihrer Sturheit, weil sie den Besitzer des Antiquitätengeschäfts beim Filmen nicht begrüßen wollte, als lernten sie sich eben kennen, da sie sich ja schon vor einer Stunde kennengelernt und sie die Einstellung schon fünfmal gedreht hatten. *Hello again!,* sagte sie jedes Mal. *Cut!,* schrie das Aufnahmeteam.

Ich konnte das einfach nicht, sagt ihre Mutter. Es war so dämlich und daneben. Es war hoffnungslos mit mir.

Ja. Und das hat mir so viel Hoffnung gegeben, sagt die neue Freundin.

Elisabeth lächelt. Das ist nett.

Sie setzt sich auf. Geht in die Küche. Die Sachen fürs

Abendessen stehen alle noch auf dem Tisch, warten aufs Kochen.

Elisabeth geht weiter ins Wohnzimmer, das voller Haschschwaden steht. Zoe, die neue Freundin ihrer Mutter, sitzt auf der Chaiselongue, und ihre Mutter sitzt auf dem Schoß ihrer neuen Freundin. Die beiden halten sich so eng umschlungen wie die berühmte Rodin-Statue, mitten im Kuss.

Ah, sagt Elisabeth.

Zoe schlägt die Augen auf.

O-oh, sagt sie. Erwischt.

Elisabeth sieht, wie viel Mühe ihre Mutter hat, nicht nur die Fassung wiederzugewinnen, sondern auf den Knien ihrer neuen Freundin auch das Gleichgewicht zu bewahren.

Sie zwinkert der neuen Freundin ihrer Mutter durch die Haschschwaden hindurch zu.

Auf dich hat sie gewartet, seit sie zehn war, sagt Elisabeth. Ich mach Abendbrot, soll ich?

Es war ein sonniger Freitagabend vor über zehn Jahren, im Frühjahr 2004. Elisabeth war zwanzig. Sie verbrachte den Abend daheim, sah sich Alfie an, einen Film, von dem es hieß, Pauline Boty habe darin einen Auftritt gehabt. Michael Caine in der Hauptrolle spielte einen Schürzenjäger. Zu seiner Zeit war der Film wegweisend gewesen, weil Caine als Alfie so freimütig in die Kamera sprach, noch dazu über seine sexuellen Abenteuer.

Ziemlich am Anfang des Films geht Michael Caine in den Sechzigern durch eine sonnige Londoner Straße und klopft an ein Schaufenster mit der Aufschrift Keine Wartezeit, um die junge Frau dahinter auf sich aufmerksam zu machen.

Es ist sie.

Sie schaut heraus, freut sich sichtlich und winkt ihn herein. Beim Hineingehen dreht er das Schild von Geöffnet auf Geschlossen und folgt ihr nach hinten. Dort nimmt er sie in die Arme und küsst sie und verschwindet danach für einen drei Sekunden langen Comedy-Quickie mit ihr hinter den Kleiderständer.

Es war eindeutig Pauline Boty.

Gedreht wurde der Film ein Jahr, bevor sie starb.

Ihr Name fehlte im Abspann.

Ich hatte ein wunderbares kurzes Leben und konnte es nicht sehen, sagt die Michael-Caine-Stimme im Off. *Da war die eine Angestellte in der Reinigung*. Er ging in den Laden, verschwand mit dem Mädchen hinter den Sachen, kam wenig später auf der anderen Seite wieder heraus und sagte: *Und hab noch dazu einen Anzug gereinigt bekommen*.

Laut dem, was Elisabeth über ihr Leben gelesen hatte, war Boty bereits schwanger, als diese Szene gefilmt wurde.

Sie hatte ein leuchtend blaues Oberteil an. Ihr Haar war weizenblond.

Aber so etwas kann man in einer Semesterarbeit nicht schreiben. Man kann nicht schreiben: *Bei ihr sah es aus, als wäre es eine Sensation*. Man kann nicht schreiben: *Sie sah aus, als könnte man mit ihr viel Spaß haben, als strotze sie vor Energie* oder *als stoße sie ihre Energie in Wellen aus*. Man kann nicht schreiben, auch wenn das der erwarteten Sprache schon viel näher käme: *Auch wenn sie nur zwanzig Sekunden in dem Film zu sehen ist, leistet sie einen wichtigen und dezidiert weiblichen Beitrag zur Lust als Kritik an der neuen, befreiten Moral der Zeit, genau das, was sie mit ihrer Ästhetik ebenfalls getan hat*.

Blabla.

Elisabeth schlug noch einmal den Boty-Katalog auf und blätterte darin. Die wilden Knallfarben sprangen sie aus den Seiten an.

Sie hielt bei einem der längst verschollenen Bilder inne, dem von Christine Keeler auf dem Stuhl. Keeler hatte mit zwei Männern geschlafen, der eine Heeresminister in der britischen Regierung, der andere ein russischer Diplomat; anfangs ging es um eine ungenierte Lüge im Parlament, später darum, wer den größten Einfluss hatte und Informationen über Atomwaffen besaß – nur dass es bald, angeblich zuletzt, um etwas völlig anderes ging, wem Keeler gehörte nämlich, wer sie wem zugeführt hatte und wer daraus Kapital schlug und wer nicht.

Das Bild von Boty, Scandal 63, war seit dem Jahr seiner Entstehung verschollen. Es gab nur Fotografien davon. In der fertigen Version hatte Boty Keeler auf ihrem dänischen Designerstuhl gemalt, umgeben von abstrakten Formen, von denen manche aber doch etwas Figuratives hatten: das auf der linken Seite war wohl eine Tragödienmaske; das unten war eine Frau, die, wie es aussah, gerade einen Orgasmus hatte. Über Keeler auf dem Stuhl hatte Boty auf einer Art dunklen Galerie, fast wie Köpfe von Enthaupteten auf einer Stadtmauer, die Köpfe und Schultern von vier Männern gemalt, zwei schwarzen und zwei weißen. Eine frühere Version des Gemädes, dessen eine Hälfte auf einem Foto neben Boty selbst zu sehen war, vermittelt eine Vorstellung von seiner Größe; es reichte der Malerin bis gut über die Taille. In der früheren Version verwendete Boty das berühmte Foto von Keeler auf dem Stuhl nicht; sie änderte ihre Meinung erst bei der späteren Fassung.

Elisabeth notierte mit Bleistift auf ihrem Notizblock: *Kunst wie diese untersucht die äußere Erscheinung der Dinge, indem sie sie in etwas anderes verwandelt und somit eine Neubewertung ermöglicht. Ein Bild von einem Bild bedeutet, dass das*

Bild, von seinem Ursprung befreit, mit neuer Objektivität betrachtet werden kann

Intellektuellenblabla.

Elisabeth betrachtete die Fotografie, auf der Boty neben Scandal 63 stand. Ging mit dem Buch ans Fenster, um sich die Fotos im letzten Tageslicht anzuschauen.

Niemand wusste, wer das Bild in Auftrag gegeben hatte.

Niemand wusste, wo es sich heute befand, ob es sich noch irgendwo befand, ob es noch existierte.

Elisabeth sah sich noch einmal die Maske an, das Wasserspeiergesicht aus der Tragödie, wie sie auf der Seite des Bilds mal schärfer hervortrat, mal wieder verblasste.

Elisabeth hatte sich über den Skandal² kundig machen wollen, damit sie über das Bild nachdenken und darüber schreiben konnte. Sie hatte alles gelesen, was online und in der Bibliothek aufzutreiben war: ein paar kulturgeschichtliche Bücher über die Sechziger, zwei Bücher von Keeler, eine Kopie des Denning-Reports aus dem Jahre 1963. Sie hatte nicht gewusst, dass es einen so krankmachen konnte, wenn man in den Umkreis von Lügen geriet, selbst wenn man bloß davon las. Das Ganze war ein bisschen so, als müsse man sich etwas Harmloses wie Alfie durch die Maske eines Sexsklaven und in peinlicher S&M-Montur ansehen, die man freiwillig niemals angelegt hätte.

Jedes Mal, wenn sie über die wahre Geschichte rund um den Skandal² nachdachte, verhakte sich ein winziges Detail in ihrem Kopf wie ein Angelhaken.

Ein Kunsthistoriker namens Blunt, der es bald darauf mit einem eigenen Spionage-Sexskandal zu tun bekommen sollte, war während des noch laufenden Gerichtsverfahrens 1963 in einer Kunstgalerie in London aufgetaucht, in der eine Ausstellung zur Porträtmalerei stattfand. Die Anregung dazu kam von Stephen Ward, der während des Skandals zum Schurken oder zum Bauernopfer mutieren und wenige Monate später tot sein sollte, offenbar ein Selbstmord. Ward hatte die Reichen und Berühmten seiner Zeit porträtiert, Aristokraten, Mitglieder des Königshauses und des politischen Adels, und viele seiner Bilder wurden in der Galerie ausgestellt. Blunt überreichte eine gewaltige Summe Bargeld und kaufte alle in der Galerie gezeigten Bilder vom Fleck weg.

Offenbar hatte er sie fortgeschafft und, so hieß es in den Büchern und Artikeln, vernichtet.

Wie hatte er sie vernichtet? Hatte er sie in einem luxuriösen Kamin verfeuert? Sie im Garten eines einsam stehenden Landhauses mit Benzin übergossen?

Vor ihrem geistigen Auge sah Elisabeth eine Grube auf einem abgeernteten Stoppelfeld mitten im Nichts, von einem traktorgroßen Bagger ordentlich tief ausgehoben, tief genug für zwei Leichname. Ein kleiner Kreis von Personen stand um die Grube herum und warf Porträt um Porträt hinein, errichtete ein Massengrab für Porträts, eine Sammelstelle für VIPs.

Anschließend zerrte und hievte der kleine Kreis von Personen ein frisch geschlachtetes Pferd oder eine Kuh von der Ladefläche eines Lastwagens auf die Baggerschaufel. Elisabeth sah im Geiste, wie der Bagger den Pferde- oder Kuhkadaver maschinell über der Grube mit den Porträts ausrichtete, der Baggerführer den Hebel drückte und der Kadaver in die Grube fiel. Danach schob der Bagger die ausgehobene Ackererde über die Kunst und den Kadaver und verschloss die Grube. Sie sah, wie die Räder des Baggers den Hügel glätteten, die Leute ihre Sachen abklopften und sich die Erde von den Händen wuschen und unter den Nägeln herauskratzten, als sie wieder irgendwo waren, wo es Wasser gab.

Das Pferd oder die Kuh waren eine extravagante Zutat. Wäre Elisabeth Malerin, hätte sie Verkommenheit so gezeigt.

Manchmal stellte sie sich vor, dass Pauline Botys Bild Scandal 63 ebenfalls in dieser Grube lag, dass der Kadaver darauffiel und der Holzrahmen unter seinem Gewicht barst. Sie stellte sich vor, dass Blunt in dem Haus, in dem Boty ihr Atelier hatte, die Treppe hinaufstieg, die Taschen voller Banknoten, und peinlich darauf achtete, ja nicht das Holzgeländer anzufassen, in dessen Rillen noch der Schmutz der Vorkriegsjahre, der Kriegsjahre und der Nachkriegsdekade steckte.

Von alldem kann man in einer Semesterarbeit aber nichts schreiben.

Schau an, sie hatte den Rand des Katalogs bekritzelt. Da waren Wirbel, Wellen und Spiralen.

Sie sah sich noch einmal an, was sie in Wirklichkeit geschrieben hatte. *Kunst wie diese untersucht die äußere Erscheinung der Dinge und ermöglicht somit eine Neubewertung.*

Sie musste lachen.

Mit dem Radiergummi am Bleistiftende radierte sie das

erste Wort weg und schrieb es mit etwas größerem Abstand zu den folgenden Wörtern erneut hin. Dann füllte sie die kleine Lücke aus.

Kunst²

Schriftliches Porträt unseres Nachbarn von nebenan

Unser Nachbar direkt neben dem Haus, in das wir neu gezogen sind, ist der vornehmste Nachbar, den ich bisher hatte. Er ist nicht alt. Meine Mutter erlaubt mir nicht, ihn das zu fragen, was ich ihn für das schriftliche Porträt fragen soll, das wir für das Projekt Schriftliches Porträt als Hauaufgabe bekommen haben. Sie sagt, ich darf ihn nicht belästigen. Sie hat mir auch versprochen, dass sie uns einen neuen Videorecorder und das Video von Die Schöne und das Tier kauft, wenn ich blos so tue, als würde ich ihn fragen, statt ihn in echt fragen. Ehrlich gesagt würde ich das Video und den Videorecorder lieber nicht haben wollen und lieber von ihm wissen, wie er es findet, neue Nachbarn zu haben und ob es für ihn genauso ist. Ich würde ihn fragen: 1) Wie ist es, Nachbarn zu haben 2) Wie ist es, Nachbar zu sein 3) Wie ist es, wenn man angeblich alt ist, das aber nicht stimmt 4) Warum hängt sein Haus voller Bilder, und warum sind die nicht wie die Bilder, die wir zu

Hause haben, und schließlich 5) Warum spielt jedes Mal Musik, wenn man bis dicht vor die Haustür unseres Nachbarn nebenan geht?

2016 ist am nächsten Morgen der kleine Küchenfernseher auf dem Bord an, aber mit leise gedrehtem Ton; er muss die ganze Nacht gelaufen sein und die Küche abwechselnd erhellt und verdunkelt haben.

Elisabeth ist als Einzige schon auf. Sie füllt den Wasserkocher mit Wasser, stellt ihn auf den Ring, und als sie ihn anstellt, erscheint auf dem Fernsehschirm eine Supermarktwerbung, in der zwei junge Leute in den Zwanzigern unabhängig voneinander einkaufen, aber plötzlich ihre Lebensmittel, einen Laib Brot und zwei Päckchen Pasta, fallen lassen und sich wie durch Zauberkraft in den Armen des anderen wiederfinden und verwundert, dass sie das überhaupt können, zusammen Walzer tanzen. Im Gang daneben fängt ein kleiner Junge den Eierkarton auf, der seinen Eltern gerade aus der Hand gerutscht ist. Er schaut zu, als sie Runde um Runde um eine Käsepyramide drehen. Ein altes Pärchen in der Nähe der Fischtheke, der Mann hält sich gerade eine Dose irgendwas vor die Brille, die Frau klammert sich an den Trolley wie an einen Rollator, blickt zur gleichen Zeit nach oben, als vernähme es über sich etwas. Die beiden wechseln einen wissenden Blick. Nun schiebt die Frau den Trolley fort, tritt unglaublich leichtfüßig und ausbalanciert einen Schritt zurück, der Mann lässt seinen Stock fallen, verbeugt sich tief vor ihr, und sie tanzen graziös nach alter Schule los.

Elisabeth rennt zur Fernbedienung auf dem Bord, hört den Ton aber nur noch in den letzten Sekunden des Werbeclips, in denen der Junge, der die Eier aufgefangen hat, vor der Kamera die Schultern hebt. Die letzte Einstellung zeigt den Supermarkt in der Sommersonne von draußen, wo die Leute auf dem Parkplatz tanzen und eine warme Männerstimme aus dem Off sagt: *Wir bringen Sie das ganze Jahr in Schwung.*

Als ihre Mutter aufsteht, sitzt Elisabeth vor dem Laptop und sieht sich wieder und wieder denselben Werbeclip für einen Supermarkt an.

Was riecht denn hier so verbrannt?, sagt sie.

Sie öffnet die Fenster, macht rings um den Kocher sauber und wirft das versengte Geschirrtuch weg.

Der Clip beginnt mit einem Supermarktparkplatz voller Autos, auf denen sich der Schnee türmt. Es schneit immer noch. Dann das Lied und der Tanz. Dann, das Lied endet, der Supermarkt im Sommer von draußen.

Für Supermarktwerbung ein ziemlich trauriges Lied. Andererseits kann ich mir momentan nichts anhören, ohne sentimental zu werden.

Ach, ich weiß nicht, sagt Elisabeth. Sentimental warst du doch immer.

Auch wieder wahr. In Sentimentalität hab ich's über die Jahre weit gebracht, sagt ihre Mutter und nimmt den Computer an sich.

Ist ihre Mutter die ganze Zeit so witzig gewesen, und Elisabeth hat es bloß nicht gemerkt?

Mike Ray and the Milky Ways, sagt ihre Mutter.

Nie gehört, sagt Elisabeth.

Ihre Mutter sucht danach.

Nur der eine Hit, 1962, Summer Brother Autumn Sister (Gluck/Klein). Platz 19, September 1962, sagt ihre Mutter. O-oh, vielleicht hast du recht, und unser Mr Gluck hat es ja doch geschrieben.

Strophe 1:

Snow is falling in the summer / Leaves are falling in
the spring / Gone the reasons, gone the seasons /
Times has gone and taken everything
Refrain: Summer brother autumn sister / Keeping
time through time / Autumn mellow autumn yellow /
Give me back a reason to rhyme

Strophe 2:

I will find her in the autumn / Autumn kissed her.
Autumn mist / Summer brother autumn sister /
Autumn's gone so summers don't exist
Refrain x 1
Bridge:

Summer brother autumn sister / Time and time again
are gone / Out of season I will find her / With time's
fallen leaves behind her / Every time I sing this song

Refrain x 2 Ad lib und ausblenden

(© Text & Musik Gluck / Klein)

Online findet man zu *Gluck Songschreiber* oder *Gluck Lieddichter* oder *Gluck/Klein Text & Musik* fast nichts außer Links, die wieder zu dem Song und der Supermarktwerbung führen. Die Links aber gibt es in rauen Mengen. Fünfundzwanzigtausendsiebenhundertfünf Personen haben sich den Werbeclip auf YouTube angesehen.

Hast du gerade die Milky Ways gespielt?, sagt Zoe, die im Morgenmantel von Elisabeths Mutter in die Küche kommt. Was riecht hier so verbrannt?

Sie geht in die Küche und pfeift den Refrain.

Elisabeth sucht in den Online-Charts nach dem Song. Er schneidet ziemlich gut ab. Sie sucht im Netz nach Kontaktdaten für das Büro der Supermarktzentrale.

Wie heißt du mit Nachnamen?, fragt sie Zoe.

Spencer-Barnes, sagt Zoe. Wieso?

Elisabeth ruft mit dem Handy eine Nummer an.

Hallo, sagt sie. Hier spricht Elisabeth Demand. Ich rufe aus der Agentur Spencer-Barnes an, könnten Sie mich bitte mit ihrer Marketingabteilung verbinden? Nein, das genügt, Anrufbeantworter genügt. Vielen Dank. (Pause.) Hallo, hier spricht die Agentur Spencer-Barnes, mein Name ist Elisabeth Demand, ich buchstabiere: D, e, m, a, n und d. Ich rufe in Vertretung meines Klienten an, Mr Daniel Gluck, dessen Copyright Sie mit der Verwendung seines Songhits Summer Brother Autumn Sister von 1962 in Ihrer aktuellen Kampagne jedes einzelne Mal verletzen, an dem Ihr neuer Werbespot im Fernsehen gesendet wird. Wenn Sie oder Ihre Agenturpartner so freundlich wären, mich zu kontaktieren, was über diese Nummer möglich ist – wir würden ein rasches Entgegenkommen natürlich begrüßen –, mit uns in Verhandlungen einträten und bereit wären, unverzüglich den Betrag zu überweisen, den wir gemeinsam als unserem Klienten Mr Gluck von Rechts wegen zustehende Kompensation vereinbaren, wäre die Angelegenheit für uns in Bezug auf unseren Klienten und das Problem der Urheberrechtsverletzung bereinigt. Ich erwarte Ihre Rückmeldung, dass der Sachverhalt geklärt ist. Wenn ich binnen vierundzwanzig Stunden nichts von Ihnen höre, leiten wir weitere Schritte ein, und ich erwarte mindestens eine pauschale Aussetzung Ihres Werbeclips, bis die Angelegenheit geregelt ist. Vielen Dank.

Am Schluss der Nachricht hinterließ sie ihre Nummer.

Urheberrechtsverletzung, sagt ihre Mutter. Entgegenkommen.

Elisabeth zuckt mit den Schultern.

Meinst du, das klappt?, sagt ihre Mutter.

Einen Versuch ist es wert, sagt Elisabeth. Ich wette, die glauben, er wäre längst tot.

Was ist mit den anderen?, sagt Zoe. Mit Mike Ray? Mit den Milky Ways?

Mir geht es nur um Daniel, sagt Elisabeth. Ich meine, Mr Gluck.

Deine Tochter ist ein Energiebündel, sagt Zoe.

Da sagst du was. Man darf aber auch nicht verkennen, wo sie es herhat, sagt ihre Mutter.

Woher?, sagt Elisabeth.

Von mir, sagt ihre Mutter.

Schön wär's, sagt Elisabeth.

Da fallen einem gleich noch mehr alte Songs ein, sagt Zoe.

Sie beginnt zu trällern.

Es kommt mir vor wie ein Wunder, flüstert Elisabeths Mutter ihr zu, als Zoe hinausgegangen ist.

Das ist unnatürlich, sagt Elisabeth.

Wer hätte gedacht, wer hätte ahnen können, dass ich so spät im Leben noch einmal eine Liebe finde?, sagt Elisabeths Mutter.

Und ungesund, sagt Elisabeth. Ich verbiete es. Das darfst du nicht.

Sie umarmt ihre Mutter und gibt ihr einen Kuss.

Das reicht jetzt, sagt ihre Mutter.

Was ist das für ein Buch?, sagt Zoe.

Sie kommt aus der Diele.

Wer ist diese Künstlerin?, sagt sie. Die sind wunderbar.

Sie setzt sich mit dem alten Pauline-Boty-Katalog, aufgeschlagen bei einem Bild mit dem Titel 5 4 3 2 1, an den Küchentisch.

Das ist eine von denen, über die meine gebildete Tochter vor anderen doziert, sagt Elisabeths Mutter.

Eine Malerin aus den Sechzigern, sagt Elisabeth. Die einzige britische Pop-Künstlerin.

Ach, sagt Zoe. Ich wusste nicht, dass es überhaupt welche gab.

Gab es.

Missbrauchsopfer vermutlich, sagt Zoe.

Sie zwinkert Elisabeth zu. Die lacht.

Bloß die üblichen langweiligen Frauenhasser dieser Zeit, sagt sie.

Hat sich umgebracht, sagt Zoe.

Nö.

Dann verrückt geworden, sagt Zoe.

Nö. Bloß die üblichen langweiligen total normalen Depressionen ab und zu, sagt Elisabeth.

Aha. Dann tragischer Tod, sagt Zoe.

Na ja, so kann man es sehen, sagt Elisabeth. Ich seh's lieber anders: Freigeist, der auf der Erde landet, ausgerüstet mit dem Können und der Vision, das Tragische, das uns allen widerfährt, in die Luft zu jagen, wo es sich auflöst, wenn man nur auf die Lebendigkeit achtet, von der ihre Bilder strotzen.

Oh, das ist gut, sagt Zoe. Sogar sehr gut. Trotzdem, ich wette, sie blieb unbeachtet.

Nach ihrem Tod schon, sagt Elisabeth.

Ich wette, es lief so, sagt Zoe. Unbeachtet. Vergessen. Jahre später wiederentdeckt. Dann unbeachtet. Vergessen. Jahre später wiederentdeckt. Dann unbeachtet. Vergessen. Ad infinitum wiederentdeckt. Hab ich recht?

Elisabeth lacht laut auf.

Du hast wohl schon einen Kurs bei meiner Tochter mitgemacht?, sagt Elisabeths Mutter.

Wie geht sie nun, die Geschichte des Mädchens?, sagt Zoe.

Sie schaut sich ein Foto auf der Innenseite des Katalogeinbands an, auf dem Boty noch sehr jung ist, keine zwanzig, und lacht.

Ihre Geschichte?, sagt Elisabeth. Hast du zehn Minuten?

Herbst. 1963. Scandal 63. Gestern Abend war die so auffällige Keeler noch genau hier platziert, in der Mitte der Leinwand, unterwegs zum oberen Rang im Theater, selbstsicher zwischen Ward und Profumo – zumindest eines der Christine-Bilder. Gestern Abend hatte sie noch einige andere Christine-Bilder auf verschiedenen Stellen der Leinwand gehabt. Auf dem einen Bild schritt Christine aus, auf einem anderen, am Fuß des Rahmens, war sie nackt und lächelte reizend, auf einem dritten war sie in Ekstase, direkt unterhalb der zentralen Christine, die ausschritt und die Handtasche schwenkte. Abends war dann aber Lewis im Establishment, saß an der Bar.

Von Lewis stammte das Pressefoto, das sich wie die spanische Grippe verbreitet hatte. Ikonisch. Er hatte gesehen, woran Pauline gerade arbeitete, hatte es sogar fotografiert. Er war ins Atelier gekommen und hatte das Foto von ihr gemacht, auf dem sie Scandal 63 auf der einen Seite und Ready Steady Go auf der anderen Seite neben sich hat, die Pendants sozusagen. Er sah sie reinkommen und sagte, willst du mit rauf und dir meine Keelers ansehen?, und Pauline sagte, was soll das heißen, ich bin eine verheiratete Frau, wie du weißt, ja, bitte. Sie waren also raufgegangen in seine Wohnung über dem Club, und er hatte ihr und Clive die Aufnahmen unter dem Vergrößerungsglas gezeigt, und sie hatte sich das Original ganz genau angesehen, *das* Bild: Keeler mit den Armen auf der Stuhllehne, das Kinn auf die Hände gestützt, es war großartig.

Dann sah sie auf dem Kontaktabzug daneben die minimal andere Version desselben.

Und sagte zu Lewis: Könntest du mir davon einen Abzug machen?

Es war ein gutes Foto, Keeler sah weniger neckisch-verschämt aus, eher so, als wolle sie sich schützen. Ein Arm war unten. Man sah, wie Keeler aussah, wenn sie in Gedanken war.

Ich mache Keeler beim Nachdenken, dachte sie. Keeler, die Denkerin.

Dann zeigte sie auf die Male auf Keelers Beinen, die blauen Flecken waren in der Vergrößerung ganz genau zu erkennen.

Du meine Güte, sagte sie.

Das sieht man auf dem Money Shot nicht, sagte Lewis. Das Zeitungspapier ist zu körnig.

Sie übermalte nun also die bestellte Arbeit. Es wurde jetzt ein Bild voller Fragezeichen, nicht eines voller Behauptungen. Es würde immer noch das Keeler-Bild zeigen, das alle zu kennen glaubten, es aber nicht *sein*. Ein Keeler-Trompe-l'œil. Und sogar wer es nicht auf den ersten Blick merkte, sogar wer die Pose einfach so hinnahm, würde unbewusst spüren, dass da etwas nicht ganz so war wie erwartet, wie man es kannte und wie es sein sollte, ohne es mit Bestimmtheit sagen zu können.

Das Bild und das Leben: Tja, das war sie gewöhnt. Das eine war Pauline, das andere war das Pauline-Image, wenn sie die Federboa warf, in die Kamera zwinkerte, es machte ja Spaß. Das Selbstvertrauen ganz oben, das Selbstvertrauen ganz unten. Für die Revues am College kostümierte sie sich als Marilyn. I wanna be loved by you. Als Doris Day: Everybody loves my body. Das Lied eines kleinen Mädchens, geträllert von einer erwachsenen Frau: Daddy wouldn't buy me a bauhaus, I've got a little cat (huch, damit sie merken, dass *cat* hier *cunt* heißen soll). Diamonds are a girl's, my armpits are charmpits (huch bei *armpits*, einem Wort, das kein Mensch laut ausspricht). Am Royal College, wo Mädchen so rar waren wie Hitze im Januar, wo die Architekten es nicht mal für nötig gehalten hatten, Damentoiletten in die Baupläne einzuzeichnen, hörte sie in den Fluren das Getuschel: *Das ist sie, die hat angeblich sogar Proust gelesen*, legte den Arm um den Jungen und sagte: Stimmt genau, Schätzchen, *und* Genet *und* de Beauvoir *und* Rimbaud *und* Colette, ich hab alle französischen Literaten gelesen, die Männer wie die Frauen, oh, Gertrude Stein natürlich auch, von Frauen und ihren zärtlichen Knöpfen hast du wohl noch nichts gehört?

Die Bombe würde ja fallen, sie hatten vielleicht nur noch wenige Jahre zu leben.

Ein Junge fragte sie: *Warum trägst du so viel knallroten Lippenstift*? Damit ich dich besser küssen kann, sagte sie, sprang vom Stuhl auf und rannte ihm nach, er lief weg, hatte sogar ein bisschen Angst, sie jagte ihn zum College hinaus, über die Wiese und den Bürgersteig entlang, bis er auf einen Bus aufsprang, der gerade vorbeifuhr, und sie stehen blieb und sich die Seiten hielt vor Lachen. Ein Mann, schon ziemlich alt, ein sehr netter, hatte sie auch mal so zum Lachen gebracht, als er auf allen vieren auf sie zugekrochen kam und dabei den Boden küsste; er war der Songschreiber, kam zu ihr in die Wohnung, sie nannte ihn aus Spaß Gershwin. *Wer ist das?*, sagte er, als er sich ihren Belmondo mit dem Hut ansah. Ein Filmstar, Franzose, bei dem Bild schwankt man zwischen Herzpuckern und Mösenpuckern, findest du nicht? Und der arme Gershwin lief rot an bis zu den Ohren und Zehen, bis zum letzten Zipfel, ein lieber alter Kerl, er konnte nichts dafür, war aus einer anderen Zeit. Na ja, waren sie fast alle. Sogar die, die meinten, sie wären von *heute*, waren eigentlich von *früher*. Ein andermal war er im Atelier und sah sich 5 4 3 2 1 an. *Was steht da?*, sagte er und las laut. *Oh, for a fu–. Oh, ah, verstehe. Sehr, ähm, shakespearisch gesagt.* Wenn du Gershwin bist, sagte sie, bin ich die Wimbledon-Bard-o. Klar? *O ja*, sagte er. *Der Barde, Bardot. Sehr treffend.*

Er mochte sie sehr.

Ach ja.

Es war nicht zu ändern.

Stell dir vor, Bilder in einer Galerie wären nicht bloß Bilder, sondern irgendwie sogar lebendig.

Stell dir vor, die Zeit könnte ausgesetzt werden, statt dass wir ihr ausgesetzt sind.

Wenn sie ehrlich war, wusste sie manches Mal selber nicht, worauf es ihr ankam. Lebendig zu sein vermutlich.

Das Selbstvertrauen ganz unten, gerade mal sechzehn, als ein Tutor zu ihr sagte: *Buntglas ist nicht Kirchen vorbehalten, es kann überall verwendet werden. Es müssen keine heiligen Dinge sein, das lässt sich für alles einsetzen.* Das Selbstvertrauen ganz oben, lässt sie bei The Only Blonde In The World eine kleine Ecke der Leinwand unausgefüllt, als wäre ein Stück des Bildes von allein abgegangen, trompe-l'œil-artig, als könnte man Bilder abschälen und wüsste: Es sind Bilder. Marilyn von vorn bis hinten umwerfend, wirbelt durch Manche mögen's heiß, bringt die Dinge mit ihrer Lebhaftigkeit auf den Punkt. Könnte man den weiblichen Orgasmus malen? Der *war* Marilyn. Farbige Kreise, wunderschön, wunderschön, und alles war aufregend, das Fernsehen, das Radio, London, voller aufregender Leute aus der ganzen Welt, das Theater war aufregend, ein leerer Rummelplatz war aufregend, Zigarettenpäckchen und die Deckel von Milchflaschen waren aufregend, Griechenland und Rom waren aufregend, eine Frau im Badezimmer einer Jugendherberge, die zum Schlafen ein Männerhemd anzog, war aufregend, Paris – aufregend! *(Allein in Paris!! Ich werde auf Schritt und Tritt verfolgt, zum Kaffee eingeladen etc. pp., Paris an sich ist aber fabelhaft, das Malen – mit Worten nicht zu beschreiben.)* Das Selbstvertrauen ganz oben, konnte alles Kunst sein, Bierdosen waren eine neue Art Volkskunst, Filmstars eine neue Mythologie, die Wehmut des HEUTE. Es war aufregend, als sie darauf gekommen war, dass die Fotografen, die Bilder von *ihr* machten, ihre *Kunst* nicht aus den Fotos herausschneiden konnten, wenn sie als *Teil* ihrer Kunst posierte.

(Irrtum.

Verdammt.

Sie kriegten es doch hin, schnitten um sie herum und schnippelten die Kunst weg, behielten nur die Brust und die Schenkelpartie drauf, was sonst.)

Schau, dass du meine Pinsel mit draufkriegst, Mike, ja?

Sie trug einen Hut, ein Hemd und Unterwäsche, ahmte, so gut es ging, die auf dem Bild porträtierte Celia nach, hatte allerdings die Jeans ausgezogen, damit sie auch bestimmt mit ihrem Bild auf das Foto kam. Aber Lewis und Michael waren großartig, sie mochte die beiden ungemein. Bei ihnen durfte sie sagen, wie die Aufnahmen arrangiert sein sollten, und sie machten es meist so, wie sie es haben wollte. Sie posierte gern nackt. Ich mag Nacktheit, ich meine, wer denn, wenn man mal ehrlich ist, nicht? Ich bin ein Mensch, ich bin Nacktheit mit Hirn. Ein intellektueller Körper. Ich bin verkörperte Intelligenz. Die Kunst ist voller Akte, und ich bin ein denkender Akt, bin es aus freiem Entschluss. Ich bin die Künstlerin als Akt. Ich bin der Akt als Künstlerin.

Sehr viele Männer können nichts anfangen mit einer Frau, die voller Freude ist, und noch viel mehr Männer können nichts anfangen mit Bildern, die von einer Frau voller Freude sind. Eigentlich beruht das Ganze doch nur auf Sex, schau, die Bananen und Springbrunnen, der riesige Mund und die Hand, alles Phallussymbole. *Ach, na ja*, sagen sie, *ich bin ein Mann, und das ist viel besser, als eine Frau zu sein.*

Sie sah das an der Hauswand befestigte Schild, knallgelb, auf dem in bunten Buchstaben CRAZY COTTAGE stand, darunter in Blau und mit größeren Buchstaben BRIGITTE'S BIKINI, dann darunter in verblichenem Schwarz COME IN & SEE, zuletzt ein kleines THE eher am Rand und daneben, groß und in Rot, SEX KITTEN. Bitte mach ein Foto davon, wie ich mir das ansehe, Mike, sagte sie. Sie trat nahe an die Hauswand heran, als käme sie hier gerade um die Ecke und entzifferte das Schild, denn genau das war sie, ein Mädchen, das die Welt entziffert.

Aber Liebe war schrecklich wichtig. Sie meinte nicht romantische Liebe, sondern Liebe ganz allgemein. Spaß zu haben war schrecklich wichtig. Sex konnte so verschieden sein, wie Lebendigsein verschieden war. Leidenschaft klang für sie immer, als fehle dabei der Humor. Ein leidenschaftlicher Moment war für sie –

Einmal, das weiß ich noch, saß ich meinem Bruder gegenüber und empfand so viel Liebe für ihn, dass es mir vorkam, als wäre ich mit ihm verwachsen.

Dieses wunderbare Gefühl (sagte sie zu dem Autor, der sie für ein Buch interviewte) hielt, sagen wir mal, eine halbe Stunde an. Ihren Mann hatte sie aber geheiratet, weil er Frauen *mochte*, weil er wusste, dass sie keine *Dinge* waren, nicht irgendein Buch mit sieben Siegeln. Er hat mich geistig akzeptiert, womit sich Männer sehr schwertun.

Das Selbstvertrauen ganz oben. Das Selbstvertrauen ganz unten. Ihre Mutter war in dem von ihrem Vater angelegten Rosengarten und stutzte die Rosen; ihre Mutter nähte die Kleider und kochte die Mahlzeiten. Im Garten in Carshalton schon sagte ihre Mutter, die Gartenschere in der Hand, lange vor James Brown: *it's a man's world*, und verschob die Markierung an der Sherryflasche, damit ihr Vater nichts merkte; ihre Mutter Veronica, deren Vater ihr seinerzeit verboten hatte, an die Slade School of Fine Art zu gehen, und die ihr ganzes Gartenleben lang nicht darüber hinwegkam, bearbeitete Paulines Vater, damit er sie an die Wimbledon Art School ließ. Es war ihre Mutter, die mit Pauline auf der Queen Elizabeth 2 nach Amerika fuhr, ihre Mutter, die Maria Callas in voller Lautstärke hörte (wenn ihr Vater nicht zu Hause war), die das Radio anschrie, wenn die Nachrichten kamen (und ihr Vater nicht in der Küche war), ihre Mutter, die krank wurde, Pauline war gerade elf, endloses Röntgen für alle, Ultraschall, ihre Mutter, die nicht mehr lange zu leben hatte. Die Familie versank im Chaos, das war gut, abgesehen von den Depressionen. Nein, es war prägend. Sie, ihre Mutter, verlor einen Lungenflügel, kam aber trotzdem ganz gut zurecht, sie legte ein Album mit eingeklebten Zeitungsausschnitten an. PAULINE MALT POP. Und ALLES MEIN WERK. (So lautete die Schlagzeile, als Pauline ein abstraktes Bild auf dem Gewerkschaftskongress in der Londoner Zentrale der Labour Party aufhängte.) *Schauspielerinnen haben oft ein Spatzenhirn. Maler haben oft einen Rauschebart. Stellen Sie sich eine kluge Schauspielerin vor, die auch noch blond ist und außerdem malt.*

Man stelle sich vor!

Ihr Vater war streng. Ihr Vater missbilligte es. Ihr Vater hatte starke Vorbehalte. Erstrebenswert? Eine Doppelhaushälfte? Da sage ich lieber gar nichts, sonst ist Daddy verärgert. Halb Belgier, halb Perser, strammer britscher Konservativer, kannte er den Himalaya und Harrogate und hatte das Steuerfach gewählt. Sein Vater war von Piraten umgebracht worden (wirklich). Die Familie seiner Mutter waren Schiffbauer am Euphrat gewesen. Den Liegeplatz für sein eigenes Boot hatte er deshalb in den Norfolk Broads, und die Kricketregeln und die Zubereitung eines Tees, der den Namen verdiente, waren für ihn das Maß der Dinge im Leben.

Er wollte nicht einmal, dass ich arbeite, als ich mit der Schule fertig war.

Die Streitereien waren heftig, oft schon vor dem Frühstück, die allerdümmste Zeit, sich mit ihm anzulegen. Ihre älteren Brüder zuckten zusammen und schüttelten den Kopf. Ihre Brüder hatten auch einiges auszuhalten, das hatten Männer auch, vielleicht sogar Schlimmeres – der eine Bruder, der an die Kunstakademie wollte, ihr Vater machte einen Buchhalter aus ihm. *Sie* setzte sich schließlich durch, tja, immerhin, keine richtige Arbeit, also war es für ein Mädchen vielleicht eher in Ordnung.

Aber ihre Brüder, als sie noch klein war. *Halt den Mund, du bist bloß ein Mädchen.* Sie wollte immer ein Junge sein. In früheren Jahren zog sie an der – gewissen Haut, Sie wissen schon, welcher –, damit sie länger wurde. Ich dachte immer, ich hätte eine hässliche Möse, das ist jetzt vorbei. Frei und unbekümmert.

Hat mich zu dem gemacht, was ich bin.

Die ideale Frau, eine treue Sklavin, die ohne Widerworte und ohne Bezahlung selbstverständlich alles versieht, spricht nur, wenn sie dazu aufgefordert wird, und ist ein prima Kerl. Aber eine Revolution wird kommen, im ganzen Land begehren junge Frauen inzwischen auf, und wenn sie Ihnen Angst einjagen, ist das Absicht, wird sie bald selber im Radio sagen, wissen Sie.

Einmal veranstaltete eine Gruppe von Studenten einen Protest vor einem Gebäude. Ein Reporter von der BBC kam mit einem Mikrofon auf sie zu. Er hielt es der hübschen jungen Frau hin. Sie trug einen Dufflecoat und streute vor dem Haus Rosenblätter auf das Pflaster.

Was tut ein hübsches Mädchen wie Sie bei so einer Veranstaltung?

Sie sagte es ihm. Dieses Gebäude ist ein Schandfleck. Wir protestieren dagegen. Wir betrauern den Tod architektonischer Schönheit.

Innen, hab ich gehört, soll der Bau aber sehr zweckmäßig aufgeteilt sein, sagte er.

Wir sind draußen, sagte sie.

Das Selbstvertrauen ganz oben. Das Selbstvertrauen ganz unten. Stimmungsschwankungen. Kein anschmiegsames Mädchen. Komm heute nicht vorbei. Goodbye Cruel World, I'm off to join the circus. Den Schlager verwendete Ken für den Film, in dem er sie und drei von den Jungs begleitete und ihr Leben, ihre Arbeit, ihren Alltag zeigte. Sie filmte stattdessen einen Traum, einen echten wiederkehrenden Traum (Träume waren das Thema bei ihrer Abschlussarbeit im letzten Jahr), und nach dem Film von Ken kamen sie auch alle, die Traumjobs, die Rollenangebote, 1963, Traum eines Jahres, *anus* mirabilis, hahaha. Was da alles passiert war! Wenn man das eigene Leben, geboren am 6. März 1938, gestorben irgendwann, auf einer Zeitschiene darstellen müsste, würde sich so ein Jahr darauf bestimmt fabelhaft ausnehmen: die Grabowski-Show, Arbeit im Radio, Clive geheiratet, Tänzerin bei Ready Steady Go!, im Royal Court Theater gespielt (Schauspielerei war allerdings nur vorübergehend, grenzte schon ein bisschen an Hochstapelei; das Malen war das Eigentliche).

Und dann die Zukunft.

Die ganzen Dreißiger bis neununddreißig klangen toll.

Zwischen vierzig und fünfzig wäre die Hölle.

Hoffentlich verknöcherte sie mal nicht. Sie wollte sich nie zu sehr auf eines versteifen.

(Sie würde bis unmittelbar vor ihrem Tod zeichnen und malen, unter anderem ihre Freunde aus der Band, 19th Nervous Breakdown. Paint it, Black. Ihr Kind lag in einem Bettchen am Fußende ihres Bettes. Ihre Bilder, als sie gestorben war? Weg, verschollen, und der Teil, der nicht verloren gegangen war, dreißig Jahre lang still auf dem Dachboden ihres Vaters und in einer Scheune auf dem Hof ihres Bruders, nur um Haaresbreite verschont, wenn Sperrmüll entsorgt wurde. Der Schriftsteller und Kurator, der dreißig Jahre später danach suchte und sie in der Scheune aufstöberte? Er brach in Tränen aus bei seinem Fund.)

In der Mitte ihres Nachnamens war ein Kreis aus Rosen, wie ein offener Kranz um das O gewunden.

Eine geschnitzte Meerjungfrau trug den Tisch.

Geld war nie welches da.

Da waren das Messingbett, der Petroleumkocher.

Da waren die gespielten Ausbrüche unbändiger Wut, wenn der Vermieter kam und an die Tür hämmerte, weil du mit ihm schlafen solltest.

Da war der Mantel, den du an kalten Tagen in deinem Zimmer den ganzen Tag über anhaben musstest.

Nichts davon war das Leben.

Leben? Das war, was du einfangen wolltest, war die unbändige Freude an einem Gegenstand, der ein Stückchen von dir entfernt war. Malen? Das fand statt, wenn du allein warst, und du hast dagesessen, und es war dein Kampf oder dein Fitzelchen Schönheit, aber es war wirklich schrecklich allein.

Den Augenblick einfangen, bevor wirklich etwas passiert war, und man wusste nicht, ob es schrecklich oder vielleicht sehr komisch werden oder ob etwas Unglaubliches passieren würde, was die anderen drum herum trotzdem nicht mitbekamen.

Sie klebte. Schnitt aus. Malte. Konzentrierte sich.

In ihrem Traum schlug sie der Vergangenheit ins Gesicht.

Sagte zu ihrer Schulfreundin Beryl, sie waren sechzehn, ich werde mal Künstlerin.

Frauen werden so was nicht, sagte Beryl.

Ich schon. Eine ernsthafte Künstlerin. Ich will Malerin werden.

Wieder ein anderer Tag mit Wetter, Zeit, Nachrichten und Verschiedenem, das im ganzen Land/in allen Ländern passiert usw. Elisabeth macht einen Spaziergang durchs Dorf. So gut wie kein Mensch auf der Straße. Die wenigen Leute, die in ihren Gärten Pflanzen zurückschneiden, sehen mürrisch zu ihr herüber oder beachten sie gar nicht.

Sie tritt auf dem schmalen Bürgersteig zur Seite und grüßt im Vorbeigehen eine alte Frau.

Die alte Frau nickt, ohne zu lächeln, und geht herrisch weiter.

Elisabeth kommt zu dem Haus mit dem aufgesprühten Spruch. Entweder sind seine früheren Bewohner weggezogen, oder sie haben die Front ihres Hauses selber so grell meerblau getüncht. Es wirkt, als wäre nie etwas gewesen; nur wenn man weiß, dass man genauer hinschauen muss, erkennt man unter der Schicht Blau noch die Umrisse des Worts HOME.

Als Elisabeth wieder am Haus ihrer Mutter ankommt, steht die Haustür sperrangelweit offen. Zoe, die Freundin ihrer Mutter, kommt herausgerannt, stößt fast mit Elisabeth zusammen, fängt sie im Schwung der Beinahekollision auf, schwenkt sie wie bei einem schottischen Volkstanz einmal herum und hüpft dann einen Schritt von ihr zurück.

Du glaubst nicht, was deine Mutter angestellt hat, sagt Zoe.

Sie lacht so unbändig, dass Elisabeth nicht anders kann, als auch zu lachen.

Sie hat es fertiggebracht, sich verhaften zu lassen. Sie hat ein Barometer an den Zaun geworfen, sagt Zoe.

Was?, sagt Elisabeth.

Du weißt schon, sagt Zoe. Das Ding, das den Luftdruck misst.

Ich weiß, was ein Barometer ist, sagt Elisabeth.

Wir waren in dem Trödelladen im nächsten Dorf, kennst du ihn? Deine Mutter wollte mit mir hin und ein bisschen vorführen, wie viel sie von Antiquitäten versteht. Sie hat ein Barometer entdeckt, das ihr gefallen hat, und gekauft, war auch nicht ganz billig. Und auf dem Rückweg im Auto, wir hatten das Radio an, kam in den Nachrichten, dass unsere neue Regierung die Zuschüsse für die Heime kürzt, in denen die Kinder untergebracht werden, die hier als Asylanten ankommen. In dem Bericht hieß es, künftig werden diese Kinder in dieselben Hochsicherheitseinrichtungen gebracht, in die sie alle stecken. Da ist deine Mutter ausgeflippt. Sie hat rumgeschrien, diese Häuser wären schlimmer als ein Gefängnis, alle bewacht, die Fenster vergittert, für Menschen nicht geeignet und für Kinder schon zweimal nicht. Als nächste Meldung in den Nachrichten kam die Entlassung des Staatssekretärs für Flüchtlinge. Da sollte ich das Auto anhalten. Sie ließ die Autotür offen und rannte einen Weg entlang. Ich also auch ausgestiegen, das Auto abgeschlossen und ihr nach, und als ich sie gefunden hatte, ich hörte sie, noch bevor ich sie sah, brüllte sie Männer an, die in einem Van neben dem Zaun saßen, ich meine, den Zäunen, und fuchtelte mit dem Barometer in der Luft herum. Und dann, ich schwör's, warf sie es gegen den Zaun! Es gab ein lautes Zischen, Funken sprühten, und die Männer drehten durch, weil deine Mutter einen Kurzschluss in ihrem Zaun ausgelöst hatte. Ich konnte nicht anders, ich schrie auch los. Gib's ihnen, Wendy!, schrie ich. Weiter so!

Zoe berichtet Elisabeth, ihre Mutter sei eine Stunde festgehalten und dann auf Kaution freigelassen worden. Im Moment sei sie in dem Trödelladen mit dem großen Hof ein Stück hinter der Kreuzung und suche noch mehr Sachen zusammen, die sie an den Zaun werfen will. Ihre Mutter plane jetzt, jeden Tag dahinzugehen, sich festnehmen zu lassen und (hier ahmt Zoe die Sprechweise von Elisabeths Mutter perfekt nach) *diesen Zaun mit den Lebensgeschichten von Menschen und mit den Artefakten aus Zeiten zu bombardieren, in denen es nicht so herzlos, sondern menschenfreundlich zuging*.

Ich sollte nach Hause, das Auto holen, sagt Zoe. Sie will es mit Waffen vom Trödel beladen. Oh, eh ich's vergesse. Für dich kam ein Anruf auf der Festnetznummer. Vor zehn Minuten.

Von wem?, sagt Elisabeth.

Vom Krankenhaus. Nicht Krankenhaus, Heim. Pflegeheim.

Die Freundin ihrer Mutter sieht die Veränderung in ihrem Gesicht und ist auf der Stelle nicht mehr flapsig.

Es hieß, wir sollen es dir ausrichten, sagt Zoe. Dein Großvater hat nach dir gefragt.

Diesmal blickt die Frau am Empfang nicht einmal auf. Sie sieht sich auf dem iPad an, wie in Game of Thrones jemand erdrosselt wird.

Dann jedoch sagt sie, immer noch ohne den Blick zu heben: Er hat heute sehr schön zu Mittag gegessen, fast für drei. Na ja, für drei ältere Personen. Wir haben ihm gesagt, Sie werden heilfroh sein, dass er aufgewacht ist, und er sagte: Bitte sagen Sie meiner Enkeltochter, dass ich mich freuen würde, wenn sie mich besuchen kommt.

Elisabeth geht durch den Gang, steht vor seiner Tür und schaut hinein.

Er schläft wieder.

Sie holt sich von draußen den Stuhl. Stellt ihn ans Bett. Setzt sich. Zieht die Geschichte zweier Städte aus der Tasche. Sie macht die Augen zu. Als sie sie wieder aufmacht, hat er die Augen offen. Er sieht sie direkt an.

Da bin ich wieder, Mr Gluck, sagt sie.

Oh, hallo. Ich dachte mir schon, dass du es bist. Gut. Schön, dich zu sehen. Was liest du gerade?

Wieder November. Es ist eher Winter als Herbst. Das ist kein Dunst. Sondern Nebel.

Im Wind schlagen die Ahornsamen ans Glas wie – nein, nicht wie irgendetwas anderes, sondern wie Ahornsamen an Fensterglas schlagen.

Es sind zwei windige Nächte gewesen. Die Nässe hat das Laub an den Boden geklebt. Die Blätter auf dem Pflaster sind gelb und faulen, Wälderfall, falb. Eines klebt so fest, dass der Abdruck des Blattes, als es sich schließlich löst, bis zum nächsten Frühjahr als Blattschatten auf dem Pflaster liegen bleibt.

Die Gartenmöbel rosten. Sie haben vergessen, sie über den Winter reinzuholen.

Die Bäume zeigen ihre Wuchsformen her. Ein feiner Brandgeruch liegt in der Luft. Alle Seelen streunen und marodieren. Aber es gibt Rosen, noch gibt es Rosen. Trotz Feuchte und Kälte ist an einem Busch, der bereits abgeblüht aussieht, eine Rose weit geöffnet, noch.

Sieh dir die Farbe an!

Zu großem Dank verpflichtet bin ich allen, die über Pauline Boty geschrieben haben, in erster Linie jedoch der Arbeit von Sue Tate, die Grundlegendes geleistet hat mit ihren beiden Büchern, Pauline Boty: Pop Artist and Woman (2013) und, als Sue Watling, mit David Alan Mellor, Pauline Boty: The Only Blonde in the World (1998); ebenso Nell Dunn für ihr Interview mit Boty in der Vogue vom September 1964, in voller Länge veröffentlicht in Nell Dunns Buch Talking to Women (1965). Die Geschichten über Christine Keeler, die der Roman ausschnitthaft streift, sind zu finden in: Nothing But … von Christine Keeler mit Sandy Fawkes (1983) und Secrets and Lies von Christine Keeler mit Douglas Thompson (2012). Ich hatte zudem das Glück, das Manuskript von Sybille Bedfords bis dato unveröffentlichter Schilderung des Prozesses gegen Stephen Ward im Jahre 1963 lesen zu können, The Worst We Can Do: A Concise Account of the Trial of Dr Stephen Ward; ein paar Details aus der Verhandlung (deren Gerichtsabschriften bis dato noch nicht für die Öffentlichkeit freigegeben sind) sind in diesen Text eingeflossen.

Danke, Simon, Anna, Hermione, Lesley B., Lesley L., Ellie, Sarah und allen bei Hamish Hamilton.

Danke, Andrew and Tracy und allen bei Wylie.

Danke, Bridget Smith, Kate Thompson, Neil MacPherson und Rachel Gatiss.

Danke, Xandra. Danke, Mary.

Danke, Jackie.

Danke, Sarah.

Quellen

Charles Dickens, Eine Geschichte zweier Städte. Deutsch von Carl Kolb

Aldous Huxley, Schöne neue Welt. Aus dem Englischen von Uda Strätling. © S. Fischer Verlag GmbH, Frankfurt am Main 2013

Ovid, Metamorphosen. Aus dem Lateinischen von Michael von Albrecht. © Philipp Reclam jun. Verlag GmbH, Ditzingen 1994

Die Originalausgabe erschien 2016 unter dem Titel *Autumn*
bei Hamish Hamilton, einem Imprint von Penguin Books Ltd.,
Penguin Random House Ltd., London.

Dieses Buch ist auch als E-Book erhältlich.

MIX
Papier aus verantwortungsvollen Quellen
FSC® C014496
FSC
www.fsc.org

Verlagsgruppe Random House FSC® N001967

2. Auflage

in der Verlagsgruppe Random House GmbH,
Neumarkter Straße 28, 81673 München

Umschlaggestaltung: buxdesign | München
Covermotiv: © Getty Images/Heritage Images/Hulton Fine Art Collection/
Boris Michaylovich Kustodiev (Ausschnitt)
Satz: Uhl + Massopust, Aalen
Druck und Einband: GGP Media GmbH, Pößneck
Printed in Germany
ISBN: 978-3-630-87578-1

www.luchterhand-literaturverlag.de
facebook.com/luchterhandverlag